Alex Johansson

Die Beendigung aller Gefühle

AF237105

Alex Johansson

Die Beendigung aller Gefühle

Roman

© 2022 Alex Johansson

Satz und Überarbeitung: M. Brecht, Leipzig

Public Relations: H. Lamm, Prittriching

Herstellung und Verlag: BoD – Books on Demand, Norderstedt

Printed in Germany

ISBN: 978-3-754-35956-3

Erstveröffentlichung (Hardcoverausgabe): April 2022

Dieses Buch ist auch als E-Book erhältlich.

Alex Johansson auf Instagram: **@alxjhnssn**

Für M.B.

1

Der Körper fiel direkt vor meine Füße. Blut spritzte über die weißen Sneaker. Nicht, dass es meine Lieblingsschuhe gewesen wären oder so, aber es ärgerte mich trotzdem. Wir hatten dieses Szenario ewig oft durchgekaut und eh vereinbart, dass wir danach unsere Kleidung vollständig wechseln würden, weswegen ich mir extra ein älteres Paar angezogen hatte. Nur schien mir das plötzlich gar überflüssig. Wäre ich doch bloß einen Schritt zurückgetreten.

Das linke Bein zuckte, während Blut den Fußboden überströmte und ich mich fragte, ob er wirklich tot sei. Josie stand etwas seitlich zu dem nun am Boden befindlichen Körper und blickte mich grinsend an. Den rechten Arm, mit der Pistole in der Hand, noch immer so ausgestreckt, als hätte sie weiter jenen Punkt fixiert, wo eben noch der Kopf war.

»Woahhh! Ich habs echt getan! Ich habs echt getan! Wow! Das ist so krass, … und das fühlt sich so gut an! Und soll ich dir was sagen? Bisher hab ich immer geglaubt, ich könnte kein Blut sehen. So ein Quatsch. Das sieht doch recht ansehnlich aus, haha!« Sie war so drüber, so überdreht. Viele Eltern hätten da einfach gesagt, sie befindet sich halt in diesem kritischen Alter zwischen elf und achtundzwanzig. Ich hatte eher gedacht, sie sei auf Koks. Also, soweit ich das eben einschätzen konnte, bei dem, was ich über Leute auf Kokain gehört hatte. Was es auch war, es war jedenfalls eine Seite an Josie, mit der ich mich nie so recht anfreunden konnte. Dann, wenn sie von allem ein bisschen zu viel war – zu laut, zu hektisch, zu pseudo-cool. Dann redete sie zu schnell und spielte sich mit einer taffe-Mädels-Attitüde auf, als sei sie unantastbar. Ich mochte es nicht, sie so aufgesetzt oder gar prollig zu erleben. Klar, mit einer Waffe in der Hand kann man sich schon mal cool und unantastbar fühlen, aber das Entscheidende war doch, dass Josie ein eigenes Pferd besaß. Menschen mit einem Pferd können per se nicht nur cool sein. Also, es mag schon cool sein, ein Pferd zu haben, nur ist man dann, als Besitzer, in der Persönlichkeit von einem anderen Schlag – empathisch, sensibel, einfühlsam. So was halt. Ich meine, meine Mutter hatte auch schon immer geschimpft, wenn jemand übertrieben aufgedreht war oder ordinär sprach. Bestimmt hätte sie gesagt, dass man mit so einem »Gossenjargon« niemals ein Pferd beeindrucken könne.

Natürlich brauchte es kein Psychologiestudium, um zu erkennen, dass Josie mit ihrem Verhalten nur versucht war, ihre vermeintlich schwache Seite zu überspielen; ihre Ängste, Unsicherheiten und Selbstzweifel. Im Grunde wussten wir das beide.

»Schau mal da, Marzipankartoffeln.« Josie deutete auf eine Kommode, worauf sich ein Schälchen mit allerlei Süßkram befand.

»Josie, das sind die Marzipankartoffeln eines Toten«, merkte ich an. »Vielleicht konzentrieren wir uns erst einmal auf das Wesentliche?« Zudem wollten wir den Abend im *Murphys*, was so etwas wie unsere Stammbar war, ausklingen lassen. So hatten wir es ausgemacht. Es war Freitag, Burger und Spareribs zum halben Preis, ab elf das Kneipenquiz. Da war der Laden brechend voll. Teilgenommen habe ich da zwar noch nie, aber ich schaute den anderen gerne beim Raten zu. Ich hatte nie viel Ahnung von Politik oder Wirtschaft und daher zu große Angst davor, mich zu blamieren. Josie war das hingegen egal. Sie brüllte das heraus, was ihr in den Sinn kam und wenn sie falsch lag, und sie lag oft falsch, sagte sie in gespielt überraschter Weise: »Ach, na das ist ja mal interessant« und alle lachten, weil es mit der Zeit zu einem Running Gag geworden war. Einmal gab es ein Sport-Spezial. Da hätte ich alle Fragen richtig beantworten können, hätte ich mich denn getraut, mitzumachen. Im Sport kenne ich mich aus, weiß Ergebnisse und Statistiken abzurufen, weil ich mir Zahlen wirklich gut merken kann. Die Antworten aber brabbelte ich nur leise vor mich hin, ohne dass es jemand mitbekam. Trotzdem war ich ein bisschen stolz, alles gewusst zu haben. Das hatte mir auch genügt. Der erste Preis war ein Gutschein für einen Baumarkt gewesen. Ich war noch nie in einem Baumarkt und mir wäre bestimmt auch nichts eingefallen, was ich dort hätte kaufen können. Es war also in Ordnung, dass wer anderes den Gutschein erhielt.

»Okay«, sagte Josie und verwarf den Gedanken, sich der Marzipankartoffel anzunehmen, als es an der Tür klingelte. Ich schaute auf die Uhr. Punkt acht.

Sie waren da.

2

Wir sind in derselben Gegend aufgewachsen, wohnten nur zwei Häuser auseinander und besuchten die gleiche Grundschule. Den Heimweg teilten wir, irgendwann verbrachten wir auch die Nachmittage und vor allem Wochenenden miteinander. Direkt hinter dem Wohngebiet waren breite Hügel, teils mit Büschen und meterhohen Gräsern bewachsen. Am anderen Ende führte ein Abhang zu einem Flussufer. Hätte man den Fluss überqueren können, wäre man inmitten eines Waldes gestanden. Die Erwachsenen hatten uns vor der Strömung gewarnt und erklärt, wieso man den Wald nicht betreten durfte. In der Nähe hatte es eine Militärbasis gegeben und das Gebiet diente Soldaten als Übungsstätte. Scharfe Munition sei da noch versteckt und irgendwo sollte es sogar einen Bunker geben. Als Kinder fanden wir das toll. Wir verstanden nicht genau, was Sperrgebiet oder Krieg meinte, aber die Geschichten darüber waren spannend und es war aufregend, diesen unendlichen Abenteuerspielplatz unmittelbar in unserer Nähe zu haben. Ein Wohngebiet verschmilzt mit der Natur und umgekehrt. Für uns war es eine komplett andere Welt, ein schöner Ort, um sich zu verlieren – beim Toben, Fangen und Verstecken. Oft standen wir am Ufer, ehrfürchtig auf die andere Seite blickend und stellten uns vor, wie es dort wohl sein würde. Manchmal versuchten wir Steine und Stöcke ans andere Ufer zu schmeißen, doch wir versagten kläglich. Alles versank im Wasser.

Über die Hügel verteilten sich kleinere bis mittelgroße Ausgrabungen. Gruben, die kaum tiefer als ein Meter waren, aber Platz für uns beide boten, wenn wir uns hineinsetzten. Mit Decken und Bettlaken wurden Höhlen daraus. Für etwas Licht ließen wir immer einen kleinen Spalt offen und dann war das so viel besser, als die Höhlen, die wir zu Hause bauten, wenn wir Wäscheleinen kreuz und quer durchs Zimmer spannten, Decken darüberlegten und innen alles voll mit Kissen stopften. Im Freien war es vielleicht nicht so gemütlich, aber wir waren dort ungestört. Niemand, der zum Essen rief oder – noch schlimmer – in die Höhle linste und fragte:»Naaa, was macht ihr denn Schönes?« So etwas hat nicht selten die Stimmung kaputtgemacht. Draußen waren wir alleine und ich kann mich auch nicht daran erinnern, dass wir jemals jemanden von unseren geheimen Orten erzählt hätten. Einmal aber, es waren Ferien, gab es deswegen richtig Ärger. Da hatten wir den Kassettenrekorder mitgenommen, Hörspiele gehört und dabei die Zeit vergessen. Als ich dann nach Hause kam, rannte meine Mutter auf mich zu, packte mich mit beiden Händen an den Schultern und schüttelte mich.

»Weißt du eigentlich, wie spät es ist?«, schrie sie mich an. Nein, wusste ich nicht. Dass die Dunkelheit bereits einsetzte, das hatte ich schon mitbekommen und das war in der Tat ungewöhnlich. So spät kam ich wirklich noch nie nach Hause.»Weißt du eigentlich, was du uns da antust? Wir haben uns solche Sorgen gemacht.« Dann kam mein Vater dazu, der irgendwas von »du musst doch spinnen« und »Polizei holen« redete. Da ich aber noch immer in den Händen meiner Mutter gefangen war, drangen vornehmlich ihre Worte zu mir durch.»Das hört mir auf! Du kannst hier nicht machen, was du willst. Weißt du eigentlich, was da alles hätte passieren können?« Bei was genau, fragte ich mich. Außerdem war ich nun ja da, ohne dass mir etwas fehlte oder man sich weiter Sorgen machen musste. Und wenn man sich solche Sorgen gemacht hatte, hätte man sich da nicht eigentlich über meine Rückkehr freuen müssen? Stattdessen wurde ich geschüttelt und angeschrien. Das war schwer zu begreifen. Ich wollte das auch so sagen, nur kam ich nicht dazu. Ehe ich mich versah, zerrte meine Mutter mich ins Bad.

»So, ab in die Wanne, und danach gehts zur Oma.« Das muss man sich mal vorstellen. Da haben sich meine Eltern also zwei Stunden lang so sehr um mich gesorgt, dass sie kurzerhand übereinkamen, mich die restlichen Ferien nicht sehen zu wollen. Aus welchem Erziehungsratgeber man so etwas zieht, das hätte ich vielleicht erfragen sollen, aber ich war neun. Da ist einem nichts über die Existenz derartiger Lektüre bekannt.

Während ich in der Wanne saß, hörte ich, wie meine Mutter weiter lautstark ihren Unmut kundtat, jetzt meinem Vater gegenüber. Ich konnte nur Bruchstücke verstehen, aber ging es wohl auch viel um Josie. »Schlechter Einfluss« und »mit ihren Eltern reden«, das verstand ich nämlich, und die Frage, warum ich denn keine anderen Freunde hätte. Dabei hatte Josie doch überhaupt nichts getan, und natürlich hatte ich auch andere Freunde. Die meiste Zeit verbrachte ich zwar mit Josie, aber ich war auch oft mit meinen Klassenkameraden Fußball oder Volleyball spielen. Meine Mutter war völlig durcheinander, dachte ich mir. Und meine Oma hatte auch keine richtige Freude an der ganzen Sache. Sie verstand es nämlich fortan so, dass ich nur noch als Strafe zu ihr käme. Was nicht stimmte, ich war schon gerne bei ihr. Doch machte sie von da an immer wieder dieselbe Bemerkung: »Haste wieder was angestellt, was?« Vielleicht hatte sie auch wegen alldem angefangen, mehr Kräuterschnaps zu trinken.

Ich weiß es nicht.

3

Es war eine fließende Bewegung, vom Ziehen der Waffe bis hin zum Schuss. Ansatzlos. Ich hatte keine Zeit, eine übersteigerte Aufregung zu entwickeln oder mich zu fragen, was denn sei, wenn die Nummer schiefgeht. Bauchkribbeln, ein Hauch von Nervosität. Der Knall ließ mich kurz zusammenzucken, dem folgte Erleichterung und schon war ich damit befasst, mich innerlich über Josies euphorisch-künstliches Getue aufzuregen. Obwohl ich fand, dass sie das echt gut gemacht hatte. Womöglich hatte ich ihr das so nicht zugetraut. Egal, wie oft man so etwas theoretisch durchspielt, es dann wirklich durchzuziehen, eiskalt und unerschrocken, das war außergewöhnlich. Ich wäre dazu bestimmt nicht in der Lage gewesen.

Als ich die Tür öffnete, standen uns vier komplett in schwarz gekleidete Gestalten gegenüber. Männer, welche man – dem Erscheinungsbild nach – zwischen September und Februar in der *NFL* verortet. Die also, wenn sie nicht gerade Touchdowns erzielen oder zu verhindern versuchen, nur im Nebengewerbe potentiellen strafbaren Handlungen nachgehen.

»Wir treten ein«, sagte einer, und nachdem alle eingetreten waren und die Tür hinter ihnen ins Schloss fiel, sagte derselbe

Typ: »Eingetreten.« Das sollte wohl witzig gemeint sein, und das war es auch, obwohl niemand eine Miene verzog.

»Ihr könnt mich Jackson nennen …«

»Haha! Fehlt da nicht einer, und waren die nicht eigentlich alle schwarz?« Warum nur, Josie, dachte ich, da hatte sich Jackson ihr schon zugewandt und indirekt angeraten, das zu unterlassen. Es hatte gereicht, ihr einen bösen Blick zuzuwerfen. »Sorry«, sagte sie. Dabei war mir auch direkt ein Spruch in den Sinn gekommen, als ich die vier zusammen habe stehen sehen. Genauer gesagt, eine Szene aus *Ocean's Eleven*. Da stehen nämlich sechs oder sieben der Hauptdarsteller vor der Tür einer Villa, und als der Gastgeber öffnet und sie sieht, fragt er, ob es für sie eine Gruppenermäßigung gäbe. Das ist schon lustig und hätte auch hier echt gut gepasst. Es auszusprechen, das hätte ich mich aber sowieso nicht getraut. Das passiert mir öfter. In Gedanken bin ich unheimlich schlagfertig. Irgendjemand sagt etwas und mir fällt sofort ein lockerer Spruch oder passendes Filmzitat ein, mit dem ich sofort einen Lacher auf meiner Seite hätte. Das wäre schon schön, wenn die anderen mal merken, dass auch ich witzig sein kann. Aber wenn es darauf ankommt, überlege ich immer zu lange, ob ich etwas sagen soll oder nicht, und dann ist die Chance auch schon vertan. Bei Josie war das anders. Wir sind mal von einer Party nach Hause gefahren. Josie, ich und zwei Bekannte von uns. Alle waren ziemlich betrunken und wir überlegten, ein Taxi zu nehmen. Doch wie das eben so ist, einer sagte »ach, für die kurze Strecke doch nicht« und schon saßen alle im Auto. Es war bloß eine kleine Unachtsamkeit, aber Josie lenkte uns direkt in einen Graben. Nichts Dramatisches. Es hatte kurz geruckelt, aber der Graben war nicht tief und niemand wurde verletzt. Wir stiegen aus, um den Wagen zu begutachten, als zufälligerweise die Polizei vorbeigefahren kam und sich unserer annahm. Einer der Beamten wollte wissen, wie das passieren konnte, worauf Josie erwiderte: »Ja, das ist es ja. Das wissen wir auch nicht so genau, wir haben nämlich alle vier hinten gesessen.« *Das* war Josie. Die Beamten kamen ins Schmunzeln und vergaßen überdies, ihren Pflichten ordnungsgemäß nachzugehen. So gab es keine Alkoholkontrolle. Ein Abschleppdienst wurde gerufen, der uns sodann alle sicher nach Hause fuhr.

Jackson schien der Einzige zu sein, der sprechen konnte. Die anderen drei waren zu sehr damit beschäftigt, schweres Gepäck zu tragen. Einer hielt einen riesigen Metallkoffer in der Hand, ein anderer eine Art Nassstaubsauger und der dritte eine Säge.

»War es ein Durchschuss?« Josie schaute mich fragend an.

»Ähm, keine Ahnung«, gab ich zurück. Jackson scannte derweil den Fußboden ab, offenbar auf der Suche nach einem Projektil, einer Hülse oder so, während Josie plötzlich Anstalten machte, den Kopf des Toten anzuheben.

»Hey! Nein! Nicht anfassen!«

»Ja, aber, kann doch sein …«

»Nicht anfassen!« Jackson war leicht ungehalten, was ich irgendwie gut verstehen konnte. Ich war mir sicher, dass er, ob solcher Dinge, mehr Referenzen vorzuweisen hatte als wir. Und grundsätzlich neige ich auch dazu, demjenigen recht zu geben, der mehr Gewichte auf der Hantelbank stemmen kann oder so.

»Gib mir die Waffe«, forderte er Josie auf. »Und du«, er meinte mich, »ziehst deine Schuhe aus. Da ist Blut dran.« Mensch, das weiß ich selber, wollte ich herausschreien. »Ist gut«, stammelte ich und wechselte die Schuhe. Dann wies er Josie an, ins Bad zu gehen, sich »am besten heiß« abzuduschen und die Klamotten zu tauschen. Die alten sollte sie im Bad belassen. Er gab ihr fünf Minuten. Josie brauchte neun. Währenddessen wurde ich zum Dekorationsobjekt, genau wie alle anderen. Niemand rührte sich, niemand sagte ein Wort. Ich traute mich auch nicht zu fragen, was denn mit mir sei. Man würde mir das schon mitteilen, dachte ich. Aber eigentlich wollte ich mich ja auch umziehen. Als Josie fertig war, ging alles ganz schnell.

»Ihr könnt gehen.« Was erwidert man darauf? Danke für alles, bis bald, wir bleiben in Kontakt? Wir verschwanden im Stillen und als wir im Treppenhaus standen, sagte ich leise: »Gegangen.« Josie brach in schallendes Gelächter aus.

Ich grübelte darüber nach, wieso Jackson automatisch annahm, es hätte nur einen Schuss gegeben. Woher sollte er das wissen? Womöglich sind sie direkt nach uns ins Haus und hatten einfach vor der Tür gewartet, sodass sie den Schuss hörten und folgend den dumpfen Knall beim Aufschlag des Körp… Josie unterbrach meinen Gedankengang.

»Boah! Das waren vielleicht ein paar Spaßvögel. Sahen aus wie die *Ghostbusters*, mit ihrem ganzen Schnickschnack an Geräten, und dieser Jackson, der ist auch so eine Gaby. Voll die Diva. Haste die Typen schon mal gesehen?«

»Nein.«

»Auch nicht im Schwimmbad?«

»Ich glaube nicht, nein. Aber Josie …«

»Egal. Lass uns gleich ins *Murphys* gehen, dann kriegen wir noch gute Plätze, und zur Feier des Tages«, sie klopfte mit ihrer Hand auf meinen Rücken, »melde ich dich beim Quiz an, mein Lieber.« Dann lachte sie.

»Josie, ernsthaft.« Ich blieb stehen.

»Was?!«

»Macht das nicht was mit dir? Du hast gerade jemanden erschossen.«

17

»Was heißt denn hier gerade? Das ist eine Stunde …«

»Josie, bitte.«

»Das war ein Arschloch! Das weißt du doch. Der hatte es nicht anders verdient.«

»Das meine ich nicht …«

»Was willst du denn hören? Es macht mit mir nichts. N-I-C-H-T-S! Der Typ ist mir egal, dass er tot ist, ist mir egal, und wenn er Frau und Kinder hat, dann interessiert mich das einen Scheiß. Die sollten mir dankbar sein, dass ich sie von diesem Abschaum befreit habe!« Ich nickte, eher aus Verlegenheit und weil ich dem nichts entgegenbringen konnte, und weil Passanten – von Josies Geschrei angelockt – auf uns aufmerksam wurden. Wir sprachen nicht weiter darüber.

Im *Murphys* bestellten wir zwei Bier und zwei Kurze. Es blieben nicht die einzigen an diesem Abend.

4

In den Sommermonaten sah man hier und da auch mal Jugendliche und Erwachsene. Die hatten dann gepicknickt oder gegrillt, oder sich einfach so getroffen und eine gute Zeit gehabt. Das war für uns kein Problem. Die Hügel waren so weitläufig, dass jeder genügend Freiraum hatte und für sich sein konnte, und immer wieder gab es Neues zu entdecken. Das lag auch daran, dass die Leute ihren Müll hier abluden oder alles liegen ließen, nachdem sie eben gepicknickt, gegrillt oder sich getroffen hatten. Einmal entdeckten wir eine Aktentasche voll mit Papieren. Die Dokumente müssen richtig alt gewesen sein, da sie schon vergilbt waren. Soweit wir erkennen konnten, ging es um eine Fabrik und wir dachten, wir hätten da was richtig Wertvolles gefunden, bis mir mein Vater erklärte, dass das »totaler Schrott« sei und alles in die große schwarze Tonne gehöre. Ein anderes Mal fanden wir einen Stapel bunter Heftchen. Die dürften auch schon länger dort gelegen haben. Die Seiten waren zerknüllt, zerrissen oder lösten sich auf. Josie griff nach einer losen, zur Hälfte geknickten Seite, weil dort Melonen darauf zu sehen waren. Wir aßen beide gerne Melone. Als sie die Seite jedoch auseinanderfaltete, war da plötzlich eine nackte Frau, die komische Dinge mit ihrem Körper machte. »Igitt«, rief Josie und schmiss die Seite zu Boden. Dann rannten wir davon. Das Bild, die Melonen, das gab mir Rätsel auf, dass ich noch beim Abendbrot darüber nachdachte. Irgendwann hatte ich es aber verdrängt.

Ein Pfad führte entlang des Flusses, zweihundert, dreihundert Meter vielleicht, dann versperrte ein Maschendrahtzaun den Weg. Es war leicht, links oder rechts vorbeizugehen. Der Zaun war nur provisorisch dort installiert, so wie bei Schranken. Wenn sie unten sind, weiß man zwar, dass man warten muss oder hier nicht weiter darf, aber theoretisch käme man leicht an den Seiten vorbei, man könnte drübersteigen oder kriecht einfach unten durch.

»Privatweg. Betreten verboten.« Das rotfarbene Warnschild baumelte am Zaun und hielt uns davon ab, weiterzugehen, bis Josie ihn eines Tages linkerhand passierte, einfach so. Ich zögerte. Nur wenige Schritte durch Matsch, doch ich hatte totalen Schiss, auszurutschen und im Wasser zu landen.

»Du brauchst bloß in meine Fußabdrücke treten. Das ist babyleicht. Siehst du die Abdrücke? Da und da, und da vorne …« Josie zeigte auf, wo ich langlaufen soll, Schritt für Schritt. Als ich bei ihr angekommen war, sagte sie hämisch: »Bravo.« Das war mir peinlich. Das erinnerte mich an einen Ausflug mit meiner Klasse, in ein Erlebnisbad, als ich mich nicht traute von einem Fünf-Meter-Turm zu springen. Da habe ich oben gestanden und mich am Geländer festgekrallt, minutenlang, während die Lehrer und meine Klassenkameraden unten im Becken warteten. Ich glaube, wegen mir hatte man auch extra eingestellt, dass das Wasser so blubbert, damit man weich fällt. Ich hatte aber solche Angst, dass ich wieder nach unten ging. Alle haben mich ausgelacht und »Feigling« zu mir gesagt, auch die Mädchen. Das war nicht schön.

Das Gebiet hinter dem Zaun brachte nichts Besonderes hervor. Ich trottete Josie nach, uninspiriert mit einem Stock in meiner Hand spielend.

»Lass uns wieder zurückgehen«, schlug ich vor, auch aus Sorge, wir könnten erwischt werden und Ärger kriegen. Da machte Josie eine Entdeckung.

»Da drüben können wir uns verstecken und die Schoki naschen.« Es war eine Aushebung am Wegesrand, ein kleiner Graben zum Hang des Hügels hin. Unwesentlich tiefer als jene, welche uns sonst als Grundlage für unsere Höhlen dienten. Jedoch war dieser Graben zu breit, als dass wir eine Decke hätten darüberspannen können. Also rutschten wir nur so hinein und futterten alles weg, was ich an Schokolade und Bonbons von zu Hause mitnehmen durfte. Meine Mutter war da sehr streng. Da war dieses riesige Glas in der Küche, so riesig, dass man bestimmt zehn ganze Tafeln Schokolade hineinlegen konnte und dann trotzdem noch so einiges an Keksen, Bonbons, Lutscher und Gummibärchen reingepasst hätte. Seit ich denken kann, war dieses Glas immer gut befüllt. Es wurde auch nie weniger, weil alles, was ich an Süßigkeiten geschenkt bekam, von Verwandten oder Freunden oder so, erst einmal dort landete. Das Glas stand auf einem Schrank, so weit oben, dass selbst meine Mutter auf einen Stuhl steigen musste, um es herunterzuholen und Mühe hatte, es mit beiden Händen zu halten, so schwer war es. Ich durfte mir dann einmal in der Woche, meistens am Wochenende, etwas herausnehmen. Erst mit der einen, dann mit der anderen Hand, jeweils so viel ich halten konnte. Einmal wurde ich jedoch dabei erwischt, wie ich mir heimlich aus Stühlen eine Pyramide baute und so versuchte, an das Glas zu gelangen. Da war ich noch etwas kleiner.

»Was machst du da?« Sie wurde sehr laut und ich glaube, meine Mutter wusste schon ganz genau, was ich da machte.

»Das ist gefährlich. Wenn dir das auf den Kopf fällt. Du könntest tot sein. Möchtest du das? Möchtest du tot sein?« Ich überlegte kurz, war mir aber schnell sicher, dass ich das nicht wollte.

»Nein.«

»Dann mach das nie wieder. Hast du gehört? Versprich mir das.« Ich hatte gehört, versprach es und hielt mich daran.

Josie kletterte ohne Mühe aus dem Graben, während ich ein ums andere Mal wegrutschte, mich nicht halten oder abstützen konnte. Ich brach in Panik aus, schrie wie ich noch nie geschrien hatte und heulte, als sei ich dazu verdammt, den Rest meines Lebens in diesem Graben zuzubringen. Dabei hatte Josie längst eine zündende Idee gehabt.

»Ich komme jetzt runter und dann machen wir Räuberleiter, und wenn du oben bist, ist alles gut. Ich schaffe das allein. Und wenn nicht, dann musst du mich rausziehen. Das geht. Ich bin viel leichter als du.« Sie schaffte es alleine, natürlich, und nachdem ich – immer noch zitternd und schluchzend – gemerkt hatte, wie einfach das alles war, wurde es mir fürchterlich unangenehm. Ich fühlte mich richtig schlecht und dachte, Josie würde mich auslachen oder eine dumme Bemerkung machen. Was, wenn sie es in der Schule herumerzählen würde? Stattdessen umarmte sie mich und hielt mich ganz lange ganz doll fest, und der Vorfall wurde nie wieder erwähnt.

Dann passierte etwas, was mich richtig traurig machte.

»Ich ziehe weg. Meine Eltern trennen sich. Mama hat gesagt, sie braucht keinen Mann mehr in ihrem Leben. Ich bleibe aber bei Papa. Er hat auch schon eine eigene Wohnung«, sagte Josie beiläufig. Es klang so, als würde sie sich für einen einzigen Nachmittag entschuldigen, dass sie dieses eine Mal nicht zum Spielen rauskommen könnte. Dabei entschuldigte sie sich für diesen einen und alle anderen Nachmittage, die noch folgen würden. Für mich brach eine Welt zusammen, und ich fand es komisch. Wann immer ich bei Josie war, machte es mir den Anschein, eine Familie könnte harmonischer nicht sein. Ich habe ihre Eltern stets glücklich erlebt, nie streitend, und nett zu mir waren sie auch. Das war schon sehr besonders. Auch sprachen sie immer in der Wir-Form – wir haben euch Kuchen gebacken, wir wünschen euch viel Spaß, wir machen dies, wir machen das. Das war mir gleich aufgefallen, als ich das erste Mal mit zu Josie durfte. Der Lieblingssatz meiner Mutter war hingegen: »Ich habe das entschieden, egal, wie dein Vater darüber denkt.« Dann merkte sie an, dass ich ihn auch nicht extra fragen bräuchte, weil es nichts ändern würde. Meine Mutter war immer Bestimmerin.

»Kommst du mich besuchen?«

»Ich weiß nicht. Wenn Mama hier bleibt, bestimmt.« Schon am nächsten Tag wurde Josie in der Schule verabschiedet. Wir sahen uns noch ein Mal, nur kurz. Dann war sie nicht mehr da.

Jeden Tag zog es mich in den Hauseingang und wenn ich auf der Klingelleiste ihren Familiennamen entdeckte, beruhigte mich das. Es nährte die Hoffnung, Josie würde zurückkehren, um ihre Mutter zu besuchen, und somit auch mich. Nur eines Tages war der Name verschwunden.

Lieblos von einem weißen Streifen Papier überklebt.

5

Am nächsten Morgen vermengte ich, im Verhältnis von drei zu eins, tiefschwarzen Kaffee mit Zitronensaft. Ein ekelhaft schmeckendes Gemisch, aber äußerst effektiv bei der Bekämpfung eines Katers. Als ich auf mein Handy sah, hatte ich eine neue Nachricht, Nummer unbekannt: »Südbahnhof #714B. Code 493228.«

Früher las ich gerne, um abzuschalten. Doch seit dieser Sache kam ich nicht mehr wirklich dazu. Zeilen verschwammen und die Gedanken drifteten ab, sobald ich ein Buch aufschlug.

Eric Barr war überhaupt erst der zweite Tote, mit dem ich unmittelbar zu tun hatte. Während eines Freiwilligendienstes – in einem Altenheim – verstarb eine Bewohnerin. Nachdem ich sie geweckt und im Bett aufgesetzt hatte, wandte ich mich für einen Augenblick von ihr ab, um nach ihren Hausschuhen zu greifen. Sie saß weiter aufrecht, als ich mich wieder zu ihr umdrehte, doch hatte sie an Körperspannung verloren. Ihr Kopf war dabei leicht nach vorne gekippt und ihre Augen geschlossen, dass ich erst dachte, sie sei noch einmal weggenickt. Es dauerte einen Moment, bis ich erkannte, dass die Hausschuhe nicht mehr gebraucht wurden. Ein friedliches Ende, sagten die Schwestern, weil 85 ein schönes Alter zum Sterben sei und dem kein Leiden vorausging. Betroffen machte es mich trotzdem, so sehr, dass ich mich in ein anderes Zimmer verkroch und den Tränen freien Lauf ließ.

Eric Barr weinte ich dagegen keine Träne nach. Wobei er seinerseits auch nicht sonderlich erfreut darüber gewesen sein dürfte, dass ausgerechnet ich derjenige war, den er als letztes zu Gesicht bekam, bevor er aus dem Leben gerissen wurde. Das hatte er sich ganz bestimmt anders vorgestellt. Seine Familie kam mir in den Sinn. Dass auch ein jedes Arschloch, Menschen um sich herum wusste, welche ihn nicht für ein solches hielten. Die ihn vermissten, in eine tiefe Trauer stürzten und denen dabei egal war, was er getan oder nicht getan hatte. Womöglich ist ein jedes Arschloch auch tatsächlich imstande, Liebe zu empfinden und zu geben. Ich für meinen Teil empfand jedenfalls keinerlei Mitleid, so oft die Bilder des toten Eric Barr auch vor meinem geistigen Auge flimmerten. Ich glaubte, dass sich ein Funken Empathie auftun müsste, doch da war nichts. Erschrocken über meine eigene Gleichgültigkeit und mit der damit einhergehenden Frage überfordert, was das über mich aussagt, kam mir das Handyvibrieren doch sehr gelegen. Eine Nachricht von Josie.

»hey biste schon wach + hast du sie« Mit Satzzeichen nahm sie es nie so genau.

»Hey du, ja und ja. Ich könnte in einer halben Stunde bei dir sein. Passt das?«

Es passte.

6

Mein Büro lag in Downtown. Beste Lage, wie es so schön heißt, und dementsprechend schweineteuer. Eigentlich vollkommen unnötig, aber als PR-Nummer ganz dienlich. Wenn potenzielle Kunden einen googelten und auf die Adresse stießen, dachten sie vielleicht:»Oh, wow, Downtown. Also, wer sich ein Büro in Downtown leisten kann, der wird ja wohl nicht so verkehrt sein.« So oder so ähnlich halt. In Wahrheit spielte es keine Rolle. Die Geschäfte wären genauso gelaufen, wie sie eben gelaufen sind, selbst wenn das Büro in einem Shoppingcenter oder auf einem Schrottplatz gelegen gewesen wäre.

Meine Eltern hätten mich zwar lieber in einer Bank oder irgendwo im öffentlichen Dienst gesehen, aber mich zog es in die Selbstständigkeit, ins Immobiliengeschäft. Objekte kaufen, sie aufpeppen lassen und gewinnbringend veräußern. Alles reine Mathematik, und ich habe ja gesagt, ich kann gut mit Zahlen. Ich beschäftigte zwei Innenausstatterinnen und zwei Damen für den Bürokram. Alle taten, was sie tun sollten. Alle verdienten gut. Das hielt uns zusammen. Wir funktionierten als Team, ohne jemals wirklich freundschaftlich verbandelt gewesen zu sein. Einmal wurden wir – innerhalb des Bezirks – sogar als »Unternehmen des Jahres« vorgeschlagen. Das war anstrengend, weil die lokale Presse zu Besuch kam und ich geschäftig tun musste. In der Zeitung war dann ein Bericht samt Foto von uns, dabei eignete ich mich überhaupt nicht zum Fotografieren. Wir gewannen ein, zwei neue Kunden. Das war es dann aber auch.

Es war an einem Freitag, kurz vor Feierabend. Ich blätterte in einem Exposé, war gedanklich aber schon bei den *Blackhawks*; zwei Siege am Wochenende hätten die Playoffs bedeutet, als Wanda, eine meiner Angestellten, mein Büro betrat.

»Entschuldigung, da war gerade eine Frau am Telefon. Das war äußerst seltsam. Ich soll Sie nämlich fragen, ob Sie die *Alf*-Figur noch in Besitz haben.«

»Bitte was? *Alf*?« Mir wurde schlagartig anders und ich spürte, wie Nervosität in mir aufstieg. »Hier ruft eine Frau an, die sich nach einer *Alf*-Figur erkundigt?«

»Ja, merkwürdig, oder? Ich habe auch extra nachgefragt, ob das eine Abkürzung ist. Ich kenne nur die TV-Serie. Sie sagte, Sie würden verstehen, was gemeint ist.«

»Wie war ihr Name?«

»Den hat sie nicht genannt. Sie wollte auch nicht durchgestellt werden, aber sie hat eine Nummer hinterlassen …«

»Das kann doch echt nicht wahr sein«, murmelte ich vor mich hin. Ungläubig und kopfschüttelnd nahm ich den Zettel mit der Nummer entgegen. Tausend Fragen schossen mir in den Sinn: Wie kommt sie dazu? Warum jetzt? Wie hat sie mich gefunden? Wo hat sie all die Jahre gesteckt, und was will sie?

Nachdem Josie weggezogen war und irgendwann auch die Hoffnung auf ein baldiges Wiedersehen starb, fiel mir erst auf, dass wir nie darüber gesprochen hatten, wohin sie genau ging. Von der damaligen Situation überrumpelt, kamen wir beide auch nicht auf die Idee, Adressen auszutauschen oder so. Ich erinnere mich, dass ich nach dieser, zugegeben, späten Erkenntnis, aufgeregt zu meinen Eltern stürmte, in der festen Überzeugung, sie könnten mir Auskunft über Josies Verbleib geben. Dem war leider nicht so. Meine Enttäuschung darüber konnte ich nicht verbergen. Ich weinte. Es dauerte eine Zeit lang, aber dann hatte ich mich mit der neuen Situation abgefunden, und bald kümmerte es mich überhaupt nicht mehr.

Jonathan, den alle nur Kasper nannten, weil er immer so alberne Sachen machte, wurde mein bester Freund. Wir spielten zusammen im Verein, tauschten Sammelkarten und zockten an der Konsole. Später entdeckten wir Alkohol, Partys und Mädchen für uns. Das eine bedingte das andere. Nicht, dass wir uns besonders schlau dabei anstellten, aber Jonathan kam mit allem besser zurecht, weil er alles immer ein bisschen mehr wollte als ich. Wir gründeten eine WG, da hatte er es sich schon wieder anders überlegt – wegen Annika, seiner ersten festen Freundin. Mir gefiel sie nicht. Sie redete zu viel und roch komisch, was ich nur wissen konnte, weil man sie anhand ihres streng riechenden Parfüms sofort identifizieren konnte, sobald sie zur Haustür hereinkam. Dabei wohnten wir im vierten Stock. Ich hatte auch den Eindruck, dass sie richtig dumm war. Also, nicht in dem Sinne, dass ich meinte, ich sei etwas besseres oder so, sondern vielmehr in dem Maße dumm, dass sie glaubte, *Star Wars* beruhe auf einer wahren Begebenheit und dass es »wohlmöglich« und nicht etwa »womöglich« heißt. Ich begriff nie, was Jonathan an ihr fand. Wir gerieten deswegen in Streit und bald hatte ich die Wohnung für mich alleine. Eine Weile später hörte ich, dass er Annika heiraten würde, doch dazu eingeladen wurde ich nicht.

In meinem Kinderzimmer stand eine kleine Vitrine. Mein Vater hatte sie mal mitgebracht und schlug vor, dass ich meine liebsten Dinge darin aufbewahren könnte. Er meinte, meine Actionfiguren würden sich super hinter Glas machen und dass diese dann außerdem viel besser vor Staub geschützt seien. Das war wahrlich eine gute Idee. Schnell suchte ich mein ganzes Spielzeug zusammen und sortierte alle Figuren aus, welche ich hatte. Mit *Batman*, *Hulk* und vielen anderen Comichelden bestückte ich die Vitrine, dazu kamen Wayne Gretzky und Michael Jordan. Und ich besaß sogar noch einige Figuren von Sportlern, welche so lustige überdimensionale wackelnde Köpfe hatten. Im Gesamten war es wirklich schön anzusehen. Wie in einem Museum.

Die *Alf*-Figur fand ihren Platz, nachdem Josie und ich uns mal in die Sommerferien mit dem Versprechen verabschiedeten, dem jeweils anderen ein kleines Geschenk aus dem Urlaub mitzubringen. Meine Eltern und ich waren eine Woche lang in einem Ferienresort mit angrenzendem Tierpark, und im Souvenirshop kaufte ich eine Silbermünze mit einem Pferdemotiv darauf, weil Josie doch schon immer Pferde mochte. Mir machte es nichts aus, sie von meinem Taschengeld zu bezahlen, aber als mir Josie dann *Alf* überreichte, dachte ich erst, die Münze sei vielleicht nicht gut genug. Das war Unsinn, denn Josie freute sich, und während ich die Figur in die Vitrine stellte, mahnte sie, *Alf* ja von *Catwoman* fernzuhalten.

»Der frisst die sonst«, sagte sie und wir beide begannen zu lachen.

Wanda hatte das Büro längst verlassen, da starrte ich noch immer auf den Zettel mit ihrer Handschrift. Ich spürte, wie mir das innerliche Wiederholen jeder einzelnen Zahl zusetzte. Der Blick auf ihre Nummer machte mir deutlich, dass wir Josie, so viele Jahre auch vorübergegangen waren, nicht egal geworden war.

Ohne zu wissen, was mich erwartete, griff ich zu meinem Handy.

7

Der Südbahnhof wurde vor Jahrzehnten stillgelegt. Zeit meines Lebens habe ich dort nie eine Bahn halten oder durchfahren sehen. Das Bahnhofsgebäude war heruntergekommen, die Gleisanlage zugewuchert, doch die große Uhr, direkt über dem Eingang, verrichtete stets von allem unbeeindruckt ihren Dienst. Da sich der Bezirk – trotz Bürgerbegehren – verweigerte, das Gebäude zu renovieren und den Bahnhof wieder instand zu setzen, nahmen bald Obdachlose, Junkies und Prostituierte die Anlage in ihren Besitz. Man durfte sich gewiss sein, dumm angemacht oder angeschnorrt zu werden, sobald man in die Nähe all derer kam. Manchmal liefen sie einem sogar nach und gaben erst Ruhe, wenn man ihnen etwas Kleingeld schenkte. Das war aber okay für mich, sie taten mir nichts und meistens trug ich auch ein paar Münzen bei mir, die ich entbehren konnte. Dabei war mir gleich, was sie mit dem Geld anstellten, selbst wenn sie es doch bloß wieder für Stoff oder Alkohol ausgaben. Wer wäre ich gewesen, die Herausgabe eines mickrigen Kleingeldbetrages an irgendwelche Bedingungen zu knüpfen? Viele von ihnen taten mir ehrlich leid, obwohl sie mitunter die sonderbarsten Geschichten erzählten und man ihnen kaum ein Wort glauben konnte. Das Recht auf Selbstbestimmung sollte ihnen dennoch nicht genommen werden.

Die Dinge begannen sich zu verändern, als sich in unmittelbarer Nähe zum Südbahnhof eine Partyszene etablierte. Clubs sprossen aus dem Boden und mit ihnen das »Unkraut und Ungeziefer«, wie es mal in einer Zeitung stand. Damit waren die ganzen Drogenbanden gemeint, die sich breitmachten und wegen denen die Kriminalitätsrate rasant anstieg. Allgemein wurde der Ton rauer und auch die Bettler zunehmend aggressiver. Das missfiel mir. Wenn jede Geldspende nur noch mit einem undankbaren Murren quittiert wurde und es überhaupt immer »zu wenig« war. Mich hat sogar mal jemand als »Geburtsdreck einer Hure« beschimpft, nur weil es ihm nicht ausreichend war, was ich ihm gab. Erst war es mir unangenehm, dass ich mich umschaute und vergewisserte, dass niemand anderes hörte, was er zu mir sagte. Aber dann fand ich es einfach nur unverschämt, sodass nie wieder jemand was von mir bekommen sollte, wobei ich deswegen echt ein schlechtes Gewissen hatte.

Die Schließanlage passte irgendwie nicht zum Bahnhof. Sie war total modern, mit Touchscreen und so. Eine Geste des Bürgermeisters, der solche Anlagen in der gesamten Stadt installieren ließ, damit Obdachlose ihre Habseligkeiten kostenlos in Schließfächern verstauen konnten und diese somit nicht mehr in einem Einkaufswagen durch die Gegend schieben mussten. So recht annehmen wollten sie die Obdachlosen nur nicht. Sie waren mit der Bedienung überfordert oder misstrauten dem Ganzen. Viele glaubten, es sei ein Trick, mit welchem sie ihre Besitztümer beraubt werden sollten. Also wurden die Anlagen für alles erdenklich Mögliche genutzt, aber eben nur selten für das, wofür sie bestimmt waren.

Ein beißender Gestank, eine Mixtur aus Urin und Erbrochenem, lag in der Luft. Spritzen säumten den Fußboden. Die Schließanlage, in einer der hintersten Ecken versteckt, war übersät mit Graffiti. Einzelne Fächer waren demoliert oder gar aufgebrochen. Dass der Touchscreen sich bedienen ließ und die Anlage überhaupt noch funktionierte, grenzte an ein kleines Wunder. Nur blöderweise wurde ausgerechnet Schließfach Nummer 714B von einem Schlafsack und allerlei undefinierbaren Gerümpel blockiert, dessen Eigentümer nicht ausfindig zu machen war.

»Ich fass den Scheiß nicht an, das kannste knicken. Guck mal, da suppt doch irgendwas. Ist das Pisse? Boah, widerlich.« Josie hatte sich festgelegt und auch ich konnte mich nicht überwinden, das Zeug mit bloßen Händen anzupacken und beiseite zu schieben. Ich dachte, wir würden Hilfe brauchen und dass ich dafür sogar mein neu gefasstes Prinzip aufgeben müsste.

»Ich bin gleich wieder da.«

»Wie jetzt?! Du haust ab? Klar doch, geh du bisschen spazieren und ich mach's mir hier so lange mit dem voll gepissten Schlafsack gemütlich.«

»Josie, nein, ich wollte doch nur …« Ich hasste das, weil ich damit nicht umgehen konnte, wenn Josie so einen ironisch-vorwurfsvollen Ton annahm. Denn ich wusste nie, ob sie das ernst meinte oder mich bloß aufziehen wollte. Und dann verhaspelte ich mich und verlor völlig den Faden, sodass ich meist nichts Vernünftiges darauf erwidern konnte. Stattdessen verspürte ich den Impuls, mich rechtfertigen zu wollen, obwohl ich gar nicht so recht wusste, was ich denn falsch gemacht hatte. Josie grinste dann gerne und sagte so Sachen wie: »Lass dich doch nicht hänseln, Gretel.« Das verunsicherte mich nur noch mehr.

Und so versuchte ich ihr erst mal klarzumachen, was ich mir überlegt hatte. Nicht, dass ich sonderlich stolz auf meine Idee gewesen wäre, aber was Besseres fiel mir halt nicht ein, außer irgendjemanden zu bitten, die Sachen für uns wegzuräumen und ihm dafür Geld zu geben. Am und um den Bahnhofsvorplatz herum tummelten sich schließlich genügend potenzielle Kandidaten für diesen Zweck, die ich auch nicht mal ansprechen brauchte. Sie kamen ja eh von allein. Der Erste, der auf sich aufmerksam machte, stank fürchterlich und hatte fast gar keine Zähne mehr. Bestimmt war das so ein klassisches Crystal-Meth-Opfer, dachte ich mir. Zumindest wusste ich so viel, dass gerade diese Droge auch schon bei jungen Menschen den körperlichen Verfall beschleunigte. Immerhin war er freundlich, als er um eine kleine Spende bat. Ich gab ihm einen Fünfer, was ihn so sehr freute, dass er mich direkt umarmen wollte. Zum Glück schaffte ich es, ihm auszuweichen. Dann schilderte ich ihm mein Anliegen und versprach, dass er noch einen bekommen würde, wenn er mir denn helfe. Das ginge nicht, erklärte er mir erst, weil es unter den »Bewohnern« des Bahnhofs eine Art »Ehrenkodex« gab, wonach man an die Sachen eines anderen nicht rangeht. Das schien mir sehr konstruiert und so war es wenig erstaunlich, dass es nur eine Flasche Wodka als Versprechen on top brauchte, um ihn umzustimmen.

»Interessant«, sagte Josie, als sie uns an den Schließfächern in Empfang nahm. Da war er wieder. Ihr abfälliger Tonfall. »Du bist so krass. Schleppst echt nen Penner für ne pennermäßige Aufräumaktion an. Ich bin ja froh, dass wir keine Baumwollplantage haben. Wer weiß, mit wem du da um die Ecke gekommen wärst, haha!« Das war richtig gemein und mir megapeinlich, denn der »Penner« stand ja direkt neben mir und bekam alles mit. Aber offenbar störte er sich nicht daran und binnen zwei Minuten

hatte er den Zugang zu »unserem« Schließfach auch schon frei-
geräumt. Ich gab ihm den versprochenen zweiten Fünfer und
noch einen Zehner für den Wodka. Merkbar zufrieden schlich er
davon.

Mein Vater hatte mal die Überzeugung, dass ein Junge nur zu
einem Mann reifen würde, wenn er mit Waffen umgehen könne.
Wahlweise, um Tiere bei der Jagd oder Menschen zu Selbstver-
teidigungszwecken zu erlegen. Und weil der Gebrauch von Waffen tief in unserer Familiengeschichte verankert war, willigte
selbst meine Mutter widerstandslos ein, als mein Vater mich das
erste Mal auf eine Jagd mitnehmen wollte.

Außerhalb der Stadt, zwei Autostunden weg, gab es eine aus-
gedehnte Waldlandschaft, die viel weiter war, als jene, die sich
unserem Wohngebiet anschloss. Wenn mein Vater »raus« fuhr,
dann zog es ihn genau dorthin, wo er mit Freunden – vollkommen autark und unerreichbar – für ein paar Tage in einer Hütte
lebte. Lange fand ich es seltsam, dass mein Vater nur davon erzählte, wir aber niemals gemeinsam als Familie Urlaub dort
machten. Ich dachte ja auch immer, die Hütte würde uns gehören. Das tat sie aber nicht. Sie gehörte einer Vereinigung, Waf-
fenfreunde irgendwas hieß die. Man musste Mitglied sein und
bekam dann eine spezielle Uniform, aber Frauen waren verboten. Den Erzählungen meines Vaters nach, waren alle Mitglieder,
wozu einst auch schon Opa und Uropa zählten, außerdem sehr
musikalisch. Was das mit Waffen zu tun haben sollte, verstand
ich aber nicht. Jedenfalls durften Väter zumindest ihre Söhne
mitbringen, sofern sie mindestens zwölf Jahre alt waren. Bei mir
hat es ein Jahr länger gedauert und die Aufregung hätte größer
nicht sein können. Doch sosehr ich die Natur und das Zusam-

mensein mit meinem Vater auch mochte, ich wollte nicht schie-
ßen – nicht auf Blechbüchsen oder Zielscheiben, und schon gar
nicht auf Tiere. Das war eine große Enttäuschung für meinen Vater. Es ging aber wirklich nicht. Er hatte sich viel Mühe gegeben,
mir alles näherzubringen, mir Pistolen und Gewehre gezeigt und
in die Hände gelegt, damit ich zum Beispiel ein Gefühl für den
Abzug entwickeln konnte. Nur fühlte es sich falsch an, und die
Waffen waren eh viel zu groß und zu schwer für mich. Ich
konnte mir das auch gar nicht alles merken; Waffentyp, Kaliber,
Munition und so.

Dass mein Vater eine Woche nicht mit mir sprach, das musste
ich aushalten. Gut fand ich das aber nicht.

Im Schließfach befand sich ein Schuhkarton. Das war auf den ersten Blick etwas ernüchternd, vor allem, wenn man bedachte,
welcher Aufwand dem vorausgegangen war, überhaupt an das
Fach zu gelangen. Aber da es ja sowieso um den Kartoninhalt
ging, war ich schnell nicht mehr so enttäuscht. Josie öffnete den
Karton an Ort und Stelle. Eine Waffe und eine Schachtel Munition, eingebettet in Knüllpapier.

Mehr hatten wir auch wirklich nicht zu erwarten.

8

Ihre Stimme klang so vertraut, dass es mir beinahe unheimlich war. Kurz bildete ich mir sogar ein, sie hätte sich überhaupt nicht verändert. Als sprach die 10-jährige Josie zu mir, aber das konnte natürlich nicht sein. Womöglich hatte sich ihre kindliche Stimmfarbe nur so sehr bei mir eingeprägt, weil ich schlichtweg nichts anderes kannte. Schließlich hatte ich Josie bald fünfzehn Jahre nichts mehr sagen hören. Außerdem war mir unser Flüsterspiel stets in Erinnerungen geblieben, was meine leichte Irritation sicher auch begründete. Das war wie Verstecken, nur mit verbundenen Augen. Und derjenige, der gefunden werden musste, machte verschiedene Laute oder sprach kurze Sätze leise vor sich hin, so, als würde er flüstern, damit der andere sich orientieren konnte. Manchmal, vor allem, wenn wir es draußen spielten, war das richtig schwer, weil man sich wirklich auf die Stimme konzentrieren musste.

»Hast dich ja ganz schön feiern lassen. Ich dachte schon, du rufst gar nicht mehr an.« Das verwirrte mich, weil ich ihre Nummer doch erst wenige Minuten zuvor erhalten hatte, aber dann begriff ich, dass es nur ironisch gemeint war. Sie hatte sich auch gar nicht mit Namen gemeldet oder Hallo gesagt, wie man das eigentlich macht, und auch nicht gewartet, bis ich mich etwa namentlich zu erkennen gab.

»Woher wusstest du, dass ich es bin?«

»Wer soll mich denn sonst anrufen? Für wen hältst du mich? Glaubst du, ich geb jedem Honk meine Nummer, oder wie? Die kriegen nur Auserwählte. Kannst dir also was drauf einbilden, haha!« Ich versuchte es mir nicht anmerken zu lassen, aber ich fühlte mich total überrollt, wie in die Enge gedrängt – allein durch ihre Worte und die Art ihres Sprechens. »Was ist denn jetzt eigentlich mit *Alf*? Haste den noch?«, schob Josie hinterher, und nur zögerlich kam mir eine Antwort über die Lippen.

»Ja, schon …«

»Dann ist doch gut, oder? Sonst wär ich auch voll enttäuscht gewesen, haha!« Das war genau der Punkt. Ich dachte nämlich, die Antwort als solche wäre schon Enttäuschung genug. Als ich bei meinen Eltern auszog, musste ich mir damals genau überlegen, was ich mitnehme, auch weil meine Mutter den Umzug an einem Tag erledigen und nicht »sinnlos« umherfahren wollte. »Nur das Nötigste« sollte ich in Kisten verpacken. Wäre es nach meinem Vater gegangen, hätten wir einfach einen Transporter gemietet, aber da war meine Mutter dagegen. Und sie meinte, dass ich die Figuren nicht bräuchte, weil ich damit sowieso nicht mehr »spielen« würde. Mit den meisten Figuren habe ich sowieso nie richtig gespielt. Das waren ja auch Sammlerstücke. Vielleicht war ich da nicht so konsequent, dass ich sie ungeöffnet in den Originalkartons aufbewahrte oder so, aber wertlos waren sie deswegen ja trotzdem nicht. Ich wünschte, ich hätte das meiner Mutter erklären können. Eine Diskussion darüber wollte sie aber nicht führen. Immerhin versprach sie mir, dass mein Kinderzimmer so bleiben würde, wie ich es verlassen hätte und ich mir keine Sorgen um meine verbliebenen Sachen zu machen bräuchte. Dieses Versprechen hielt ungefähr drei Monate, bis ihr einfiel, einen Hobbyraum zu benötigen, wohin sie sich »zurückziehen und kreativ entfalten« könne. Sie hat dann gemalt und gefilzt, und das Zimmer mit Pflanzen vollgestellt. Meine Sachen wurden derweil – wahllos und ohne Beschriftung – in Tüten und Kartons in den Keller verfrachtet. Das hatte mich schon geärgert, weil es nicht abgesprochen war und ich deswegen jedes Mal alles durchschauen musste, wenn ich etwas Bestimmtes suchte. Doch umso älter ich wurde, umso weniger suchte ich irgendwas, und so geriet vieles, was mir einst lieb und teuer war, in Vergessenheit. Womit sich also auch erklärte, welches trostlose Schicksal der *Alf*-Figur zugetan war.

»Na ja, halb so schlimm. Hauptsache es läuft bei dir«, gab sich Josie gelassen. »Es läuft doch, oder? Hab dein Foto in der Zeitung gesehen. Machst ja voll was her, und hast voll die heißen Chicks am Start, haha! Sag nicht, da läuft nichts. Ich denk mal, du bist voll der Player.« Damit provozierte sie mich richtig. Das war auch irgendwie gehässig, denn es stimmte einfach nicht. Ich habe nie etwas mit einer Angestellten gehabt. Auf so etwas hätte ich mich niemals eingelassen. Ich hatte nicht mal darüber nachgedacht. Ganz im Gegenteil: Auch wenn das blöd klingt, aber bei allen Bewerbungsverfahren hatte ich genau darauf geachtet, dass die Bewerberinnen nicht zu schön waren oder meinem Typ entsprachen. So konnte ich sicher gehen, dass ich nicht auf falsche Gedanken kommen oder abgelenkt würde. Aber es war auch nicht so, dass ich deswegen automatisch immer die Hässlichste auswählte. Das mit dem Äußeren ist ja eh immer auch eine subjektive Sache. Es ging mir also primär schon um berufliche Qualifikationen.

Darauf gekommen bin ich jedoch nicht alleine. Dr. Clemens hörte ich ganz oft sagen, dass Frauen, die das Bedürfnis bei einem auslösen, mit ihnen »schlafen« zu wollen, »Gift« seien. Er sagte nicht »schlafen«, er nutzte andere Begrifflichkeiten, welche aber das Gleiche meinten. Und manchmal schien es so, als würde er es nur laut aussprechen, um sich selbst zu ermahnen. Dr. Clemens war indirekt mein erster Chef. Ein in die Jahre gekommener, aber hoch angesehener Makler, dessen Klientel vornehmlich der High Society entsprang und der deswegen auch selbst regelmäßig in Hochglanzmagazinen abgelichtet wurde. Es war ein Glücksfall, eine Praktikumsstelle in seinem Büro zu erhalten, wenngleich ich nicht für ihn, sondern für einen seiner Partner arbeitete. Ihn selbst sah man hier und da mal über die Flure huschen, aber die meisten Eindrücke gewann ich dadurch, dass mein Platz unmittelbar in Hörweite seines Büros lag und er seine Tür selten geschlossen hielt. Und einmal, da war ich richtig erschrocken, stand er ganz plötzlich an meinem Schreibtisch.

»Junge«, sagte er, »Sie sind hier also der Neue?« Was ich bejahte, obwohl ich schon einen Monat da war. Und nachdem er sich nach meinem Befinden erkundigt hatte, fragte er mich nach meinen Zukunftsplänen, wo ich mich in fünf Jahren sehe und ob ich der Branche treu bleiben wolle. Das wusste ich alles noch gar nicht so genau, was ihn nicht davon abhielt, mir einen »unbezahlbaren Ratschlag« zu geben. Er sagte, dass man bei Frauen aufpassen müsse, besonders wenn sie attraktiv seien. Kolleginnen und Sekretärinnen könnten ein »kurzweiliges Vergnügen« sein, brächten »auf langer Strecke aber nur Ärger und Chaos.« Und dann wurde er konkreter: »Einfaches Risikomanagement. Eine Assistentin, Kaliber Cindy Crawford oder Sharon Stone, führt eine Immobilie vor. Was glauben Sie, Junge, wie das ausgeht? Der potenzielle Käufer interessiert sich mehr für die Assistentin als für die Immobilie, weil er doch ernsthaft glaubt, er könne bei ihr landen. Oder der bringt seine Frau mit und die macht Stress, weil sie eifersüchtig ist. Katastrophe. In beiden Fällen bekommen Sie nämlich nichts verkauft.« Das klang sehr schlüssig. Dr. Clemens hatte seinerzeit sogar Seminare gegeben, für die Menschen viel Geld ausgaben. Demnach musste ja etwas an seinen Thesen dran sein.

Ich konnte nicht schnell genug das Thema wechseln und war froh, als Josie über sich zu reden begann und ich erst mal aus der Schusslinie war. Sie konnte sowieso viel besser Geschichten erzählen als ich.

9

Melinda Owens war der zweite Name auf der Liste. Wären wir schnurstracks zu ihr gefahren und hätten die Sache einfach erledigt, dann wäre das Josie sehr angenehm gewesen. Nur so lief das nicht und Teil des Ganzen war eben auch, ihr das immer wieder in Erinnerung zu rufen.

»Josie, so funktioniert das nicht. Lass uns an den Plan halten und gut ist.« Das war schwer für sie, das wusste ich. Geduld war noch nie eine Stärke von ihr gewesen und ihre impulsive Ader ließ sie zudem mitunter unberechenbar werden. Diese sorgte auch regelmäßig dafür, dass Josie sich plötzlich nicht mehr an Abmachungen halten wollte. Heute so, morgen so, und ich mittendrin. Nervig hätte es nur unzureichend beschrieben und manchmal hatte ich wirklich keine Ahnung, wie es eigentlich in ihr drin aussah. Und wenn ich selbst total angespannt war, wie an diesem Nachmittag auch, dann war mir ihre Lockerheit echt zuwider. Ich rechnete damit, dass uns die Polizei jeden Moment die Tür eintreten würde. Am liebsten wäre ich zum Südbahnhof zurück, um mich noch mal zu vergewissern, dass die Schließfächer wirklich nicht videoüberwacht wurden. Ich fragte mich, ob Eric Barrs Apartment inzwischen tatsächlich von allen Spuren bereinigt war oder ob wir irgendwo etwas vergessen oder einen

Fehler gemacht haben könnten. DAS beschäftigte mich, während Josie unschlüssig ob der Farbe ihres Nagellacks war.

»Mach dir mal nicht ins Hemd. Plan hin oder her, ich mein ja nur. Dann schenken wir der Schlampe eben noch einen Tag. Ich muss auf jeden gleich in die Drogerie. Der Nagellack hier ist scheiße. Ich sollte mal was Neues ausprobieren. Was hältst du hiervon?« Dann legte sie mir einen Farbstreifen mit unterschiedlichen Violetttönen vor, als hätte ich dazu ernsthaft eine Meinung.

»Ich weiß nicht. Ist mir auch egal. Ich bin gedanklich gerade bei Melinda und …«

»Bist du dumm? Nenn die gefälligst nicht so! Als wärt ihr dicke miteinander. Als hätte die irgendwas Menschliches, oder wünscht der feine Herr etwa, dass ich irgendwo einen Tisch für zwei reserviere, für ihn und seine Meeelindaaa?«

»Das ist doch Schwachsinn. Hör auf damit, Josie.«

»Dann hör du auf. Gesocks, Viehzeug. Nicht mehr, nicht weniger. Das ist sie. Aber scheiß drauf, ich besorg mir jetzt Nagellack.« Den Schuhkarton warf sie mit voller Wucht auf das Sofa. Daran merkte ich, dass sie unzufrieden war. Ein bisschen frische Luft, dachte ich mir, würde ihr da ganz guttun. Erst als sie weg war, fiel mir ein, dass man eine Waffe in einem Schuhkarton vielleicht besser nicht so umherschmeißt.

Da hätte ja sonst was passieren können.

Ich hatte einige Erkenntnisse gewinnen können: Mitte vierzig, gut situiert und frisch geschieden, einvernehmlich. Sie behielt Wohnung, Kind und einen beachtlichen Teil des Vermögens ihres Exmannes, Ehevertrag sei dank. Wodurch sie sich ihren Lebenstraum von einem eigenen Kosmetikstudio verwirklichen konnte. Exakt jenen Traum, den ihr Ex – aus guten Gründen –

stets als Schnapsidee abtat. Denn schaute man genauer hin, dann war Melinda Owens doch nur ein Abbild jener Frauen, die nichts leisteten und deshalb auch niemals was erreicht hatten, aber eben extrem bemüht waren, genau diesen Umstand zu kaschieren. Frau Owens wurde verlassen, weil Herr Owens befand, dass eine 20-Jährige die Funktion, sich irgendwo auf den Rücken zu legen oder sein Geld rauszuwerfen, gleichermaßen gut ausfüllen könne. Und während er offenkundig in einer Midlife-Crisis steckte, scheiterte sie bei dem Versuch, ihrer Verbitterung, genau darüber, Herr zu werden, weil sie nämlich jedem – einmal zu viel – darbot, wie gut es ihr mit der neuen Situation doch ginge. Selbst das Kosmetikstudio diente nur als ein alibibehafteter Leistungsnachweis, worüber sie das Märchen sponn, sich alles ganz alleine aufgebaut zu haben und total erfolgreich zu sein.

Die Sache mit Eric Barr unterschied sich insoweit von jener mit Melinda Owens, dass er einfacher greifbar war. Er kroch gefühlt 24/7 in schäbigen Bars und Casinos herum, um sich der Erlöse seines Kleinkriminellendaseins zu entledigen. Einer aus dem Milieu, ein kleiner Fisch halt, harmlos. Jeder kannte ihn, aber niemand scherte sich darum, dass er von der Bildfläche verschwand, weil es zu viele seiner Art gab. Melinda Owens hingegen wurde gesehen, und ihr Verschwinden hätte zweifelsohne Aufmerksamkeit hervorgerufen, was eine vollkommen andere Vorgehensweise erforderlich machte.

So hatte ich erst einige Informationen zu ihr recherchieren müssen, bevor sich mir ein aussagekräftiges Gesamtbild ihrer Lebensumstände, Gewohnheiten und Tagesabläufe erschloss. Dass sie im Parterre wohnte und die Fenster zur Straße gingen, war dabei durchaus von Vorteil. So konnte ich sie vom gegenüberliegenden Park aus beobachten, ohne verdächtig zu wirken. Nur an Regentagen musste ich vorsichtig sein. Das wäre schon auffällig gewesen, hätte ich mich da zu lange im Park aufgehalten. Ich hätte es ja selbst komisch gefunden, jemanden einsam auf einer Bank sitzen zu sehen, obwohl es in Strömen regnet und alle anderen gucken, schnellstmöglich ins Trockene zu gelangen. Da hatte sich meine Mutter auch schon immer drüber aufgeregt. Gesagt, dass die Nachbarn »nicht normal« seien, wenn sie bei Regen an ihren Autos schraubten oder den Müll herausbrachten. Und ich wollte ja nun nicht, dass irgendeine Mutter mich sah, ihr Kind herbeiholte und so etwas sagte wie, dass der Mann da draußen, also ich, kein normaler Mensch sei. Das hätte ich bestimmt doof gefunden.

Melinda Owens hatte jedenfalls so viele Menschen um sich herum, dass man leicht den Überblick hätte verlieren können. Eigentlich wohnte sie nur mit ihrem Sohn, Trevor Logan Amadeus, zusammen, doch waren da noch Haus- und Kindermädchen, ein Klavierlehrer sowie eine Fitnesstrainerin, die bei ihnen ein und aus gingen. Der Exmann ließ sich so alle zwei Wochen mal blicken. Montag und Donnerstag war sie in ihrem Studio, was nur eine Straße weiter lag, in so einem Eckladen, wo auch ein Blumengeschäft gut reingepasst hätte. Einmal bin ich ihr dahin nachgelaufen, als sie plötzlich stoppte und hektisch in ihrer Handtasche wühlte. Das war richtig heikel. Mein Herz raste, weil ich nirgendwohin konnte und dachte, ich würde auffliegen, sobald sie sich umdreht. Ich bin dann einfach an ihr vorbei, glücklicherweise ohne von ihr registriert zu werden. Selbst gearbeitet hatte sie aber nicht. Das machten zwei – ich weiß, extrem klischeebehaftet – junge Asiatinnen für sie. Sie lief nur hin und her, trank Kaffee oder blätterte im Terminkalender. Unterm Strich, und das war das einzig Entscheidende, bot sich uns täglich genau eine Möglichkeit.

Jeden Tag holte Melinda Owens ihren Sohn persönlich aus dem Kindergarten ab, was – meiner Beobachtung nach – im Wesentlichen die Liebe und Zuneigung für ihr Kind definierte. Denn die restliche Zeit kümmerte es sie nicht, was ihr Sohn trieb oder welche Bedürfnisse er hatte. Dann fiel es den Angestellten zu, ihn zu beschäftigen. Die vier Blocks zum Kindergarten legte sie mit dem Fahrrad zurück, wobei sie stets eine Abkürzung durch ein Industriegebiet nahm. Eigentlich war das nur eine schmale Seitenstraße, zwei Meter breit oder so, da hätte definitiv kein Auto durchgepasst. Links und rechts waren Zäune hochgezogen, wo oben zusätzlich Stacheldraht befestigt war. Sie schützten die jeweiligen Backsteinbauten dahinter. Früher dürfte alles zusammengehört haben, doch konnte ich nur darüber spekulieren, wieso die Gebäude nicht mehr genutzt und deren Zugänge alle zugemauert wurden, und wieso einzig die Seitenstraße noch zugänglich war. Man hätte sie ja mit einzäunen können. Aber dann dachte ich mir, dass das schon seine Richtigkeit haben würde. Und insgeheim war ich ja froh, dass wir endlich eine Ecke gefunden hatten, wo wir, das waren Josies Worte, »das Ableben der Melinda O. in die Wege leiten« konnten. Es war nun wahrlich nicht die schlimmste Gegend und von den Backsteingebäuden ging sogar eine gewisse Aura aus, wenn man sich die Zäune wegdachte. Dann konnte das schon ein ganz passabler Ort zum Sterben sein. Aber klar, Melinda Owens hätte sich vielleicht etwas anderes erwünscht. Etwas, was ihren Ansprüchen mehr gerecht geworden wäre, mehr ihrem Stil entsprach, so mit Glitzer und Glamour vielleicht, oder am Meer – weißer Sandstrand und so, keine Ahnung. Ich konnte es eh nicht ändern.

Und irgendwie war sie auch selbst schuld. Die Abkürzung hatte sie ja schließlich immer freiwillig genommen und somit auch ihren Sterbeort eigenständig gewählt.

Womöglich hätte sie mehr vom Leben gehabt, wäre sie einfach auf den Hauptstraßen geblieben.

10

Ich hatte noch nie zuvor bis tief in die Nacht hinein im Büro gesessen. Überstunden machte ich nur dann, wenn ich ein Spiel sehen wollte, aber keine Lust auf Sports Bar, keine Lust auf Lärm und Gebrüll hatte. Ich besaß sogar so einen Minikühlschrank, um immer kaltes Bier vorrätig zu haben. Das wäre für mich nichts gewesen, dafür jedes Mal extra an den Kiosk oder in den Supermarkt zu müssen. Dann hätte ich ja genauso gut gleich nach Hause gehen können. Einmal überlegte ich, mir ein Liegesofa zu kaufen. Im Büro übernachten können, keine schlechte Idee. Als ich aber intensiver darüber nachdachte, verflog der Gedanke schnell wieder. Die Putzfrau kam morgens schon fünf Uhr, jeden Tag, und von ihr wollte ich ganz bestimmt nicht geweckt werden. Das wäre mir nur peinlich gewesen. Und außerdem hätte es ja Wechselsachen, Zahnputzzeug und so gebraucht. Daran hatte ich erst viel zu spät gedacht.

Das Telefonat mit Josie dauerte so lange, dass ich zwischendrin mein Handy ans Ladekabel stecken musste. Es war aber auch richtig interessant, was sie alles zu erzählen hatte. Wir lachten total viel und es war schön zu hören, dass sie – genauso wie ich – vieles aus Kindheitstagen noch behalten hatte und sich konkret an gemeinsam Erlebtes erinnern konnte, auch wenn die Erinnerungen nicht alle schmeichelhaft für mich waren. Da gab es zum Beispiel jene Geschichte, wo wir an einem Wochenende unerlaubterweise das Schulgelände betraten. Genaugenommen brachen wir dort ein, weil das Tor verschlossen war und wir einfach darübergeklettert sind. Deswegen hatten andere Schüler schon mächtig Ärger bekommen, sodass mir bereits im Vornherein leicht mulmig zumute war. Dabei wollten wir nur auf den Schulspielplatz, aber dort passierte es, dass ich doch tatsächlich vom Klettergerüst fiel. Es muss lustig ausgesehen haben, weil Josie es lustig fand. Sie dachte, es sei nicht so schlimm, weil ich nicht geweint habe, aber bestimmt stand ich unter Schock. Ich hatte eine fette Beule auf dem Kopf.

»Hast du dich etwa geprügelt?« Ich konnte sie keine zehn Sekunden vor meiner Mutter verborgen halten. »Das darf doch nicht wahr sein, mein eigener Sohn, ein Schläger.« In ihrer Hysterie hatte sie ein bisschen was durcheinandergebracht. Ich konnte ja kaum »ein Schläger« sein, wenn ich der mit der Beule war, und überhaupt gab es doch gar keine Prügelei. Ich war selbst schon ganz durcheinander. Und obwohl ich kein Experte für Schlägereien war, ergab das für mich keinen Sinn. Wieso sollte man sich ausgerechnet was am Hinterkopf tun, wenn man sich prügelt? Man schlägt da doch eher ins Gesicht oder trifft vielleicht mal den Vorderkopf. Na ja, irgendwann durfte ich auch was sagen. Es machte es nur nicht besser.

»Ihr seid was?! Ihr seid in die Schule eingebrochen?« Immer wenn meine Mutter recht laut wurde, versuchte ich sie damit zu besänftigen, ihr einfach die Wahrheit zu sagen. Schließlich hatten mir meine Eltern mal beigebracht, dass Ehrlichkeit am längsten währt und es »immer das Beste« sei, sie nicht anzulügen. Ich habe das halt wirklich geglaubt, bin dann aber doch so oft darauf hereingefallen. Denn meine Ehrlichkeit führte meist dazu, dass meine Mutter nur noch lauter wurde. Auch wenn ich es bedauerte, dass sie sich nur unwesentlich für meine Gesundheit interessierte, so war ich zumindest froh, nicht wieder zu Oma geschickt worden zu sein.

Die meisten anderen Anekdoten waren weniger dramatisch. Da war auch viel Schönes dabei und ich wunderte mich darüber, was ein Mensch sich so alles merken konnte. Manchmal brauchte es nur einen kurzen Augenblick. Wenn ich glaubte, ich könne mich an etwas nicht erinnern, von dem, was Josie erzählte, fiel es mir dann doch wieder ein. Ich hatte nur Probleme damit, bestimmte Namen genau zuzuordnen, weil ich nicht sofort alle Mitschüler, und noch weniger die der Parallelklassen, abrufen konnte.

»Ah, okay«, sagte ich dann nur, als Josie von den Kyles, Sarahs und Rachels unserer Schulzeit berichtete. Dass sie die alle noch so gut in Erinnerung hatte, obwohl sie so früh von der Schule abging, erstaunte mich. Von manchen wusste sie auch genau, was aus ihnen geworden war und so. Mir war nur Rachel Patton mal zufällig begegnet. Wir hatten alle Jahrgänge gemeinsam durchlaufen, eine Klasse lang war sie sogar meine Banknachbarin, was mich im Nachhinein richtig stolz machte, weil sie beim Abschlussball zur Ballkönigin gekürt wurde. Wir haben uns sieben Jahre danach wiedergesehen. Sie sah völlig verändert aus, dass ich erst dachte, ein Ballkleid könne ihr jetzt auch nicht mehr helfen. Schwabbelige Arme, Pusteln im Gesicht und irgendwie war ihr Haar fettig. Aber dann bemerkte ich ihren Ehering und schon tat sie mir nicht mehr so leid. Zu wissen, dass sie jemanden hatte, der sie offenbar so liebte, wie sie war, beruhigte mich ungemein. Und es war gleich viel entspannter, mit ihr zu plaudern.

Zuerst wollte ich nicht damit anfangen, aber da wir uns auf Anhieb wieder so gut verstanden, traute ich mich dann doch, Josie davon zu erzählen, wie ich damals gehofft hatte, dass sie zurückkommt. Und dass ich jeden Tag nach dem Klingelschild schaute, und es mich wirklich traurig machte, als sie ging.

»Ernsthaft? Oh, voll süß«, sagte sie und es klang so, als meinte sie das auch so. Ich wurde ganz rot und war erleichtert, dass sie das nicht sehen konnte. Und dann stellte sich heraus, dass ich vollkommen danebengelegen hatte, bei dem, was ich über ihre damalige familiäre Situation zu wissen glaubte.

»Weißt du, am Arsch mit *we are happy family*. Totaler Bullshit war das. Mein Papa hat jahrelang auf der Couch gepennt, weil er auf alles drauf ist, was ne Vagina hatte, und meine Mama war halt feige, da nen Cut zu machen, obwohl sie über alles genaustens Bescheid wusste, und am Anfang haben die sich voll oft gezofft und angeschrien, wo ich geheult hab, weil ich dachte, die lassen sich scheiden. Dann haben die sich zwei Tage vertragen und das naive Kind denkt, alles ist wieder gut. Pustekuchen. Es hat sich null geändert, ging alles nur immer so weiter und irgendwann haben die nicht mal mehr miteinander geredet. Hallo?! Die haben sich echt tagelang angeschwiegen. Wie beschissen ist das denn? Aber hey, nach außen war natürlich immer alles cool. Schön, schön auf heile Welt gemacht, damit ja die Nachbarn nichts Schlechtes denken …«

»Wow, krass, tut mir leid«, brachte ich zaghaft hervor, nicht wissend, was ich genau sagen sollte.

»Ja, genau. Wow, krass, tut dir leid, haha! Ach, kein Stress, mach dir keine Platte. Dass die sich trennen, das war null überraschend. Hat nur ewig gedauert, und am Ende war ich sogar echt happy, dass der Spuk vorbei war.«

»Und wie kam es, dass du bei deinem Vater geblieben bist, wenn ich fragen darf?«

»Ich glaub, die haben sich ums Sorgerecht gestritten und er hat verloren, haha! Nee, natürlich nicht. Aber hier, lass mal über was anderes reden …«

»Klar, einverstanden«, erwiderte ich und war dennoch betrübt, weil ich nun dachte, dass es vielleicht besser gewesen wäre, ihr diese Frage nicht zu stellen. An ihrer Stimme meinte ich auch zu erkennen, dass es Josie irgendwie anfasste. Ich kam mir ein bisschen blöd vor.

Wir quatschten dann noch eine Weile über Gott und die Welt, wie man gerne sagt, und schon war es drei Uhr. Eine gute Zeit um schlafen zu gehen, stellten wir beide fest.

»Lass uns das mal wiederholen«, schlug ich vor.

»Wieso nicht gleich morgen, also heute?«, antwortete Josie lachend. »Haste Bock?« Die Idee gefiel mir, denn ich hatte schon lange nicht mehr so viel Spaß gehabt und mich so gut unterhalten gefühlt. Und während mich der Gedanke an ein weiteres Telefonat schier euphorisierte, offenbarte sich, dass Josie ein persönliches Treffen meinte. Das überforderte mich total. Ich schüttelte ungläubig den Kopf. Ich hatte ja keine Ahnung, dass sie zurückgekehrt war. Daraus ergaben sich einige Fragen, die ich normalerweise auch gestellt hätte, aber hier waren sie mir erst einmal egal. Sich persönlich treffen können.

Das war so viel besser als alles andere.

11

Der Kindersitz zerschmetterte in mehrere Einzelteile und erzeugte einen fürchterlich lauten Knall, während ihr Kopf ungebremst auf Asphalt schlug. Ich dachte direkt, dass ein Fahrradhelm hier durchaus sinnvoll gewesen wäre. Melinda Owens krümmte sich vor Schmerzen und stieß unverständliche Laute aus, als wollte sie schreien oder irgendwas sagen, oder beides gleichzeitig tun. Ihr Gesicht war blutübergossen und es ließ sich nur erahnen, welche Wunde hauptursächlich dafür war. Dann brauchte es einen Moment, bis sie sich aufzurappeln versuchte.

Wir gaben ihr die Zeit.

Vielleicht hatten wir einfach nur riesiges Glück. Wir waren alle möglichen Strecken von ihrem Haus bis zum Kindergarten abgelaufen und begutachteten alle Wege und Zugänge, welche zur besagten Seitenstraße führten. Wir registrierten Baustellen, Grün- und Rotphasen der Ampeln, öffentliche Kameras und ebenso jene, die eher versteckt an Wohnhäusern angebracht waren, und wir studierten die Dienstpläne der Müllabfuhr und anderer Dienstleister. Außerdem platzierten wir selbst verschiedene Mini-Kameras, die jedwede Bewegung an, in und um der Seitenstraße herum erfasste, um uns über die Frequenz – zum

Beispiel vorbeilaufender Passanten – bewusst zu werden. So sammelten wir über vier Wochen eine Fülle von Informationen, um daraus optimal einen »perfekten Plan« – unter Berücksichtigung potenzieller Gefahren – entwickeln zu können. Nur war es unmöglich, sich auf alle Eventualitäten einzustellen.

»Wir essen Punkt zwölf, und wasch dir vorher die Hände«, sagte meine Mutter. Dann wusste ich, es war Sonntag. Denn das sonntägliche Mittagessen »als Familie« war ihr heilig. Auch wenn ich manchmal nichts Besonderes daran finden konnte, weil es sich genauso anfühlte wie an den anderen, den »normalen« Tagen. Aber es war okay, solange es meiner Mutter ein gutes Gefühl gab. Nur das mit der Zeit, das stimmte eben oft nicht. Es hieß immer »Punkt zwölf«, doch dann wurde es zehn nach oder noch später. Und wenn ich das nächste Mal eine neuerliche Verspätung einplante, stand das Essen natürlich pünktlich auf dem Tisch. Unterm Strich konnte ich mich also auf nichts verlassen, aller Erfahrungswerte und der Aussagen meiner Mutter zum Trotz. Das hätte ja gar nicht erst sein müssen, hätte meine Mutter sich bloß anders ausgedrückt. Sie hätte einfach nur sagen müssen, dass wir »gegen zwölf« essen oder so. Beim Wetterbericht ist es doch das Gleiche. Da zeigen sie im Fernsehen eine Wetterkarte und man sieht überall nur kleine gelbe Sonnen, und dann ist es doch kalt oder es regnet sogar. Ich bin vom Wetterbericht echt oft enttäuscht worden.

So ließ sich also auch nicht mit absoluter Sicherheit vorhersagen, ob Melinda Owens an diesem Tag ihre Abkürzung tatsächlich nehmen würde, obwohl sie es unter der Woche – ohne Ausnahme – tat. Es war auch nicht auszuschließen, dass wir bei den Vorbereitungen irgendetwas übersehen oder die gesammelten Daten falsch interpretiert hatten. Und es durfte natürlich keine

Zeugen geben, wobei die Aufzeichnungen zeigten, dass die Seitenstraße nahezu exklusiv von Melinda Owens genutzt wurde. Das war doch recht verwunderlich, verstärkt dadurch, dass sie rückzu – mit ihrem Sohn auf dem Rad – ausnahmslos eine andere Strecke nahm. Dass die Seitenstraße an beiden Enden zugänglich war, das war aber definitiv ein Risikofaktor. Behelfsweise schoben wir, jeweils nahe der Zugänge, Mülltonnen zusammen, um eine Art Sichtschutz zu simulieren. Tatsächlich hätte uns das aber nichts gebracht, wir hätten wohl trotzdem im Spotlight gestanden.

Der Draht ließ sich problemlos zwischen die Zäune spannen. Er hing vierzig Zentimeter über dem Boden und war von Weitem nicht zu erkennen. Sobald Melinda Owens ihn bemerken würde, wäre es auch schon zu spät gewesen. In der nächsten Sekunde würde sie kopfüber über den Lenker fliegen. Der Verkäufer im Großmarkt zeigte mir verschiedene Angelschnüre und da ich vom Angeln keine Ahnung hatte, fragte ich einfach nach der robustesten.

»Ah, Sie wollen sich was Großes an Land ziehen«, sagte er mit einem fetten Grinsen im Gesicht, als versuchte er, lustig zu sein. »Dann nehmen Sie die hier. Die ist so widerstandsfähig, damit können Sie einen LKW aus dem Wasser ziehen.« Vielleicht hätte ich ihm sagen sollen, dass ich das gar nicht vor hatte, aber ich nickte nur und zahlte in bar.

Schwer atmend schaffte sie es, sich aus eigener Kraft aufzusetzen, nur schien sie nicht ganz beisammen zu sein.

»Bitte helfen Sie mir«, schnaubte sie eher, als dass sie es sprach. Ihre Arme bluteten. Sie hatten den Sturz nicht verhindern und den Aufschlag nicht abfedern können. Auch ihre Knie waren ramponiert und ich wusste nur allzu gut, wie schmerzhaft das sein musste. Unzählige Male hatte ich mir meine Knie aufge-schlagen, einmal musste ich sogar genäht werden. Da war ich beim Fangen spielen gestolpert und auf einen spitzen Stein ge-flogen. Aber man konnte das nicht miteinander vergleichen. Mir ist sofort geholfen worden, ich kam ins Krankenhaus und alles wurde gut. Melinda Owens hingegen war völlig auf sich allein gestellt und bestimmt fragte sie sich, was passiert war.

Wir blieben weiterhin auf Abstand, und bis hierhin war es ja auch nur ein Fahrradunfall gewesen. Als sich Melinda Owens je-doch konkret an uns wandte und ihr Hilfegesuch erneuern wollte, trat Josie ihr zwei Schritte entgegen und dann ging es ganz schnell.

»Josie?« Das Entsetzen in ihren Augen. Es war wie ein Schuldeingeständnis, und, so abgedroschen es auch sein mochte, es sagte mir, dass es Melinda Owens nicht anders verdient hatte.

»Was gibts?«, erwiderte Josie kichernd, zog die Waffe hinter ihrem Rücken hervor und schoss ihr unvermittelt ins Gesicht. Anschließend riss sie ihr die Kette vom Hals, den Ring vom Fin-ger und kramte das Portemonnaie aus ihrer Handtasche, wäh-rend meine Blicke hektisch nach links, rechts, hinten und oben gingen, auf dass uns hoffentlich niemand gesehen hatte.

»Da wird der kleine Trevor Logan Amadeus heute wohl ver-geblich auf seine Mami warten.« Josie lachte gehässig auf. »Wie panne, seinem Kind drei Vornamen zu geben. Was hat man denn da für Komplexe? Da stimmt doch was nicht. Also, normal ist das nicht.«

Da gab ich ihr recht. Normal war das nicht.

12

Ich saß im *Murphys* und wartete. An den Nachmittagen war es dort richtig angenehm. Es war nie wirklich was los, weil viele Leute wohl annahmen, eine solche Lokalität würde tagsüber geschlossen haben. Dabei hatte draußen vor der Tür immer eine Tafel gestanden, worauf deutlich zu lesen war: »Durchgehend geöffnet.« Aber vielleicht stellten es sich die Leute so vor, dass es drinnen nur so vor Alkoholleichen und Pennernwimmelte, deren Gesellschaft man nicht teilen wollte. Dem war aber nicht so. Das *Murphys* wandelte sich über Tag in ein Café, so richtig mit einem Angebot an Kaffeespezialitäten, Torten und so. Ich fantasierte mal über ein schönes Wortspiel, wonach man das *Murphys* auch gut in »Wandelbar« hätte umbenennen können. Man konnte sich auch fragen, wieso andere Kneipen und Bars das Konzept nicht adaptierten. Andererseits: Mein Schaden sollte es nicht sein. Manchmal konnte man sogar spätabends oder in der Nacht noch ein Stück Zitronentorte oder Pfirsichkuchen bekommen. Das sah dann mitunter extrem lustig aus, wenn ein einzelner Gast mit einer Kuchengabel an einem Stück Torte saß und dabei von einem Pulk grölender Biertrinker umgeben war.

Meinen Platz wählte ich so, dass ich den Eingangsbereich gut überblicken konnte. Ich war viel zu früh da, mehr als eine halbe Stunde vor der verabredeten Zeit, aber sobald die Tür aufschlug, erhöhte sich mein

Puls, weil ich doch etwas aufgeregt war. Ich bestellte ein Glas Wasser, ließ es aber unangetastet, um nicht plötzlich auf Toilette zu müssen und Gefahr zu laufen, Josie dadurch zu verpassen. Und nachdem sich dreimal die Tür öffnete und neue Gäste hereintraten, von denen niemand Josie sein konnte, stellte ich mir die Frage, wie ich wohl reagieren würde, wenn sie nicht erscheint. In Gedanken darüber versunken, bemerkte ich nicht, wie sich jemand meinem Tisch näherte. Erst als ich gerade den Eingang wieder in Blick nehmen wollte, sah ich, dass es Josie war.

»Hi«, sagte sie freudestrahlend. Okay, schoss es mir durch den Kopf, was nun? Hand reichen, umarmen, Hand reichen und Küsschen links, Küsschen rechts, oder nichts von alldem? Ich spürte, dass ich rot wurde. Meine Unsicherheit erheiterte Josie sichtlich, aber dann nahm sie mir die Entscheidung einfach ab: »Jetzt komm schon her und lass dich drücken. Gut schaust du aus.«

»Du auch.«

»Ja, es hätte schlimmer kommen können, haha!« Da war es wieder. Dieses »haha!« war mir schon während unseres Telefonats aufgefallen. Vielleicht mochte sie ja *Die Simpsons*, dachte ich zuerst, weil *Bart Simpson* in der Serie doch so einen ähnlichen Laut von sich gab. Dann, wenn er andere auslachte. Genau genommen machte er aber gar nicht »haha!«, sondern »ha-ha!«, und ich konnte mir auch nicht vorstellen, dass Josie ernsthaft im Sinn hatte, jemanden zu verspotten oder auszulachen. Es schien nur ihre besondere Art, bestimmten Aussagen einen unmissverständlichen Nachdruck zu verleihen. Wie bei Textnachrichten, denen man ein Emoji anfügt oder so.

Josie sah genauso aus wie früher. Wenn ich mich recht erinnerte, fehlte eigentlich nur noch die zartrosafarbene Spange, welche sie als kleines Mädchen immer trug und ihr leicht lockiges, schulterlanges Haar verzierte. Es war hellblond und geradezu perfekt zu ihrer blassen Haut passend. Sie war schlank und groß gewachsen, aber nicht zu groß, als dass sie nicht mehr süß hätte wirken können. Josie kam mit wenig Make-up und ohne erkennbaren Schmuck aus. Sie hatte eine ungeheuer starke Ausstrahlung und bestach durch mädchenhafte Wesenszüge. Dass sie ein schlichtes, musterloses Kleid und Ballerinas trug, unterstrich diesen Eindruck nur noch und ich musste mich arg zusammenreißen, mir meine Begeisterung darüber nicht zu sehr anmerken zu lassen. Ich wollte ja auch nicht, dass sie ein falsches Bild von mir bekam.

Das war mir nämlich mal auf einem Date passiert. Eigentlich wollte ich mich gar nicht erst verabreden, weil ich schon vorher wusste, dass das nichts werden würde. Wir hatten uns im Internet kennengelernt, schrieben einige Zeit auch nett miteinander, doch so wirklich gecatched hatte sie mich nicht, was aber auch mit an ihren Fotos gelegen haben könnte. Die sahen fürchterlich gestellt aus oder bildeten sie unvorteilhaft ab, keine Ahnung. Und irgendwann wurden ihre Fragen auch so komisch, dass es mir unheimlich wurde. Sie hatten so einen besitzergreifenden Unterton, wonach ich mich fortan ständig für alles Mögliche rechtfertigen musste; was ich wann mit wem und warum getan habe, wieso ich so lange zum Antworten brauche, ob ich auch mit anderen schreibe und so weiter. Es gibt ja diese Frauen, mit denen man zwei Nachrichten austauscht, die dann denken, man wäre fest zusammen und direkt die nächsten dreißig Jahre mit einem planen. Sie schien genau so drauf zu sein. Sie drängte auf ein Treffen und trotz aller Bedenken, traute ich mich nicht, es abzulehnen, weil ich sie nicht verletzen wollte. Also trafen wir uns und als ich sie sah, war ich völlig hin und weg. Das ist bloß Psychologie, war ich mir sicher. Wenn man ohne oder nur mit geringen Erwartungen an etwas herangeht, dann kann man nur positiv überrascht werden. Es war halt so, dass sie total hübsch war. Die Fotos wurden ihr überhaupt nicht gerecht, weil sie in echt viel besser aussah. Normalerweise ist das ja eher umgekehrt. Ich hatte ihr dann Komplimente gemacht und mir überlegt, ihr doch eine Chance zu geben, obwohl ich mich auch ein bisschen dafür schämte. Das war ja schon sehr oberflächlich von mir. Ich weiß nicht, vielleicht hatte sie das durchschaut. Denn obwohl wir uns gut unterhielten und insgesamt einen echt schönen Nachmittag verlebten, und sie mir gar nicht mehr so unheimlich war, brach sie den Kontakt ab. Vorher hatte sie mir noch geschrieben, dass sie denkt, dass wir nicht zusammenpassen und mir nur das Beste gewünscht. Sie meinte, dass sie gerne »unverbindlich« bleiben wolle und ich ihr »zu forsch« gewesen sei, und durch meine Komplimente hätte sie sich »eingeengt« gefühlt. Das war sehr paradox. Als hätte ich gesagt: »Hey, du siehst toll aus. Können wir dein Klingelschild um meinen Namen erweitern?« So ein Unfug, aber ich konnte ja nichts tun, wenn es denn ihr Empfinden war. Hätte ich mich dagegen aufgelehnt, hätte ich doch bloß wie ein schlechter – in seinem Stolz verletzter – Verlierer gewirkt. Komisch war es trotzdem. Ich hatte sie los, also das, was ich wollte, und doch fühlte es sich nicht gut an. Eigentlich war es sogar richtig beklemmend.

Mir fiel echt ein Stein vom Herzen, als mir einfiel, dass das mit Josie und mir ja überhaupt gar kein Date war.

Josie war total auf unser Gespräch fokussiert. Das mochte ich. Ich konnte es noch nie leiden, wenn Menschen sich zu leicht ablenken ließen oder nicht wirklich bei der Sache waren. Die, die nebenher immer noch was anderes taten oder dem Treiben drumherum mehr folgten, als der Unterhaltung, der sie beiwohnten. Da hatte man vielleicht etwas Wichtiges zu erzählen oder wollte ein ernstes Thema ansprechen und das Gegenüber stand einfach auf oder machte irgendwas nebenbei. Und dann sagte es noch so Dinge wie: »Red ruhig weiter, ich höre dir zu« und man merkte richtig, dass es das gar nicht tat. So etwas konnte mich echt sauer machen. Okay, ich bin bestimmt auch mal verpeilt oder nicht immer aufmerksam. Es gibt ganz sicher auch wichtige und weniger wichtige Themen, aber im Großen und Ganzen achte ich sehr wohl darauf, Gesprächen konzentriert zu folgen. Ich würde selbst beim Telefonieren nebenher nicht den Geschirrspüler ausräumen oder so. Das könnte der Gesprächspartner doch hören und dann eventuell als unhöflich empfinden, und dem Geschirr macht es ja nichts, wenn es ein paar Minuten später in den Schrank kommt.

Es war weit nach Mitternacht, als wir – nach über acht Stunden und nicht mehr ganz nüchtern – das *Murphys* verließen. Kurz zuvor hatte Josie mich zum vierten Mal hintereinander beim Kickern geschlagen. Es störte mich nicht, obwohl es mir normalerweise sicher ausgesprochen unangenehm gewesen wäre. Das kann aber auch am Alkohol gelegen haben. Ganz bestimmt lag es nur daran.

»Finde den Fehler«, gab Josie mir auf und streckte den rechten Zeigefinger in Richtung des Logos über der Eingangstür.

»Hä?«

»F-i-n-d-e DEN Fehler«, wiederholte sie triumphierend, als sei ich ihrer Aufgabe sowieso nicht gewachsen.

»Es hängt schief«, riet ich ins Blaue.

»Nein, du Dummkopf. Da fehlt so ein Apostroph – zwischen dem Y und dem S. Voll die Gangsterscheiße. Der einzige Laden der Stadt, der kein Apostroph im Namen trägt, haha! Na, der Inhaber traut sich was.« Den Inhaber nannten alle Murph, was mir nur logisch erschien. Und eigentlich war er richtig nett. Er trank auch immer mit den Gästen, wenn sie es verlangten. An manchen Abenden kamen da so einige Shots zusammen und ich fragte mich, wie er das wohl schaffte, trotzdem normal zu bleiben. Und dann stellte ich mir vor, dass er sich nur Wasser einschenkte, während die anderen Hochprozentiges bekamen. Das erschien mir sogar recht schlüssig. Vielleicht hatte er dafür ja extra Wasser in Wodkaflaschen umgefüllt oder so.

Die Sache um den fehlenden Apostroph beschäftigte uns noch ein Wegebier lang. Und da wir das Gebiet seriöser Gesprächsthemen längst verlassen hatten, machte es auch nichts, dass wir uns in Albernheiten verloren. So sinnierten wir über eine verfassungsgeschützte Rechtsverordnung für die Anwendung korrekter Schreibweisen im gesamten öffentlichen Raum, was, zugegeben, nüchtern betrachtet, erst einmal wenig humorig gewesen wäre. Mit Blick auf Reklametafeln und beschmierte Häuserfassaden, wäre es aber selbst dann auch zu einem wahrlich klugen Gedankenspiel geworden.

Josie winkte ein Taxi herbei, gab mir einen flüchtigen Kuss auf die Wange und bevor sie auf der Rückbank verschwand, sagte sie: »Schön war's.«

Ja, das fand ich auch.

13

Meine Hände waren total rot. Ich konnte nicht sagen, woran das genau gelegen hatte. Vielleicht waren die Handschuhe nur ein bisschen zu eng, vielleicht hatte ich die falsche Größe gekauft, oder ich war gegen Latex allergisch, was ich nur noch nicht wusste. Josie meinte aber, dass das nicht sein könne, weil es ja dann gejuckt oder ich einen Ausschlag bekommen hätte. Das stimmte wohl. Auf jeden Fall hatte es buchstäblich etwas Befreiendes, als ich sie ausziehen konnte.

Wir rannten fünf Blocks weit, in einem Tempo, bei welchem niemand annehmen musste, wir seien auf der Flucht. Es sollte vielmehr so aussehen, als hätten wir »nur« Angst, den Bus oder die U-Bahn zu verpassen. Wir hätten uns auch verkleiden können. In Sportklamotten und Laufschuhen hätten wir dann vielleicht wie richtige Jogger ausgesehen. Nur war das keine Ecke, welche sich typischerweise zum Laufen oder Joggen eignete. Da wären wir womöglich erst recht aufgefallen. Wogegen Menschen, die Bussen und U-Bahnen hinterherjagten, gesellschaftlich anerkannt waren. Denen schenkte keiner weitergehende Beachtung. Und eigentlich brauchten wir auch gar nicht hetzen. Der Schuss versetzte augenscheinlich niemanden in Panik. Er

brachte keine kreischende, wild umherlaufende Menschen-
menge hervor. Wir wurden nicht verfolgt und es waren auch
keine Polizeisirenen zu vernehmen. Trotzdem konnte ich mich
erst einigermaßen entspannen, als wir »die Kellerwohnung« erreicht hatten.

Bürointern führten wir eine Liste mit Objekten, die kurz da-
vorstanden, auf den Markt gebracht zu werden. Meist waren nur
noch kleinere Reparaturen oder Malerarbeiten vorzunehmen,
manchmal fehlte es lediglich an einzelnen behördlichen Geneh-
migungen. Zu diesem Zeitpunkt standen exakt siebzehn Woh-
nungen und Gewerbeimmobilien auf dieser Liste. Sie verteilten
sich über die gesamte Stadt, aber drei davon befanden sich im
Radius von rund eintausend Metern zum »Tatort«, womit sie
ideal als Zufluchtsstätte schienen. Letztendlich kam aber nur
»die Kellerwohnung« infrage, weil die anderen beiden zu nah an
größeren öffentlichen Plätzen gelegen waren. Ich mochte sie aber
auch so viel lieber. Man musste eine stählerne Wendeltreppe hin-
untergehen, um in die Wohnung zu gelangen. Da war ein präch-
tiger, kernsanierter Altbau mit zwölf Wohneinheiten. Ein richtiger Hingucker, mit weißer Klinkerfassade, Erkerfenster und viel
Stuck und so, dass man beinahe ehrfürchtig auf halber Treppe
innehielt, bevor man das Gebäude betrat. Und überdies eben die
Wendeltreppe etwas abseits übersah oder niemals annahm, sie
könnte von Bedeutung sein. Niemand hätte dort eine Wohnung
vermutet und sich schon gar nicht jemanden da freiwillig lebend
vorstellen können. Es war halt auch alles dunkel, weil es auf der
Eingangsseite keine Fenster gab, und doch hatten wir genügend
Interessenten, die sich genau nach so einem Rückzugsort sehn-
ten. Ich jedenfalls konnte mir das auch supergut vorstellen. Dass
da jemand vielleicht sogar im selben Haus wohnte, mit Frau und
Kindern und so, aber es ihm irgendwann auch mal zu viel

wurde. Mit Frau und Kindern konnte es einem schließlich auch mal zu viel werden, und dann sagte er vielleicht, dass er noch was erledigen müsse, etwas, was ihn nicht verdächtig machte. Anschließend ging er aus dem Haus, genau darauf achtend, dass ihn niemand dabei beobachtete, wie er die Wendeltreppe nahm und in seine eigens geschaffene Parallelwelt verschwand. Womöglich hatte er sich dort einen Hobbyraum eingerichtet, mit Poolbillardtisch, Dartscheibe und einem riesigen Flatscreen, und die Wände waren mit Fahnen und Postern seiner Lieblingsmannschaft dekoriert. Oder da war nur eine Couch. Eine alte, abgenutzte, durchgesessene Couch, die einst das Wohnzimmer schmückte, aber irgendwann einer neuen weichen musste und deshalb von seiner Frau auf dem Sperrmüll kommandiert worden war. Doch er hatte eben eine bessere Idee, und dann saß er vielleicht nur so da, aß ein Erdnussbuttersandwich oder er machte einfach gar nichts, außer, auf der Couch liegend, an die Decke zu starren und die Stille zu genießen.

Die Renovierungsarbeiten waren abgeschlossen, eine Woche zuvor wurde die Klimaanlage installiert. Ich hatte vorsorglich zwei Schlafsäcke organisiert, ausreichend Wasser und verschiedene Lebensmittel. Außerdem eine Tasche mit Wechselkleidung für uns beide und ein neues Prepaidhandy.

»Alter! Was ne Bude. Voll düster und dass hier Nullkommanull Möbel stehen, das ist dann also der neue Trend zum Minimalismus, von dem alle reden, oder wie?«

»Josie?«

»Nee, jetzt bitte nicht wieder die Psychonummer. Mir geht's gut.«

»Glaubst du, man hat sie schon gefunden?«

»Was weiß ich denn?! Soll ich die Bullen anrufen, oder was denkste dir? Hey, haben Sie vielleicht irgendwo ne tote Frau entdeckt? Eventuell mit nem Loch zwischen den Augenbrauen? Aber bloß keine Umstände, ich frag nur für nen Freund. So, ja? Wäre doch bestimmt voll witzig.« In der Schule haben schon einige Kinder immer »Bullen« gesagt, wenn sie die Polizei meinten, und einmal ist es mir zu Hause auch so rausgerutscht. Daraufhin wurde meine Mutter mal wieder ganz schön ungehalten und ich musste mir einen sehr langen Monolog über den Unterschied zwischen Mensch und Tier anhören, und über Respekt. Und dass ich meinen Onkel damit beleidigen würde, weil er ja Polizist sei. Dabei war er nur Detektiv in einem Drogeriemarkt. Das ist ja wohl mal nicht dasselbe. Doch manchmal habe ich meine Mutter einfach machen lassen, wenngleich sie hier zumindest erreicht hatte, dass ich mich fortan automatisch an diese Geschichte erinnerte, sobald der Begriff »Bullen« irgendwo fiel oder ich auch nur eine Tierdoku sah.

»Weißt du, was jetzt richtig cool wäre?«, fragte Josie. »Ein schönes Käsebrot mit voll viel Avocadoscheiben und fetter Remoulade.«

»Wir haben keine Avocado«, musste ich sie enttäuschen. Ich hatte extra nichts gekauft, was schnell verderblich war. Schließlich konnten wir nicht wissen, ob wir uns nur einen halben Tag oder eine ganze Woche lang verschanzen würden. Die Polizeibehörden handelten stets rigoros, wenn irgendwo eine frische Leiche auftauchte und ein Mord offensichtlich schien. Dann wurden schon mal schnell Sperrzonen in der Stadt errichtet, allerorts Straßenkontrollen durchgeführt und Personalien erfasst. Meine Sorge galt aber auch Spürhunden. Ganz gleich, wie viel ich über sie gehört hatte, Genaues wusste ich nicht. Einmal hieß es, sie seien richtig klug, ein anderes Mal, dass sie leicht zu täuschen wären. Da gab es doch auch diesen Mythos, wonach man ihren Geruchssinn dadurch manipulieren könne, Pfeffer auszustreuen. Ich konnte das nie so wirklich glauben und redete mir stattdessen lieber ein, dass die unzähligen Gerüche einer Großstadt ausreichend Irritation schaffen würden, damit Spürhunde uns nicht wittern konnten.

»Wie jetzt? Du holst Tüten voller Fresszeug, dass es für drei Monate reicht und dann sind da keine Avocados bei?!«

»Meinst du, dass man im Gefängnis Avocados bekommt?«

»Willst du mich verarschen?!« Ich dachte, sie würde gleich anfangen zu schreien. Dabei hatte ich das doch gar nicht böse gemeint. Es war nur so ein Gedanke. Josie liebte Avocados. Sie aß auch gerne Rucola, Garnelen und Auberginencreme und so, und es konnte ja wirklich sein, dass sie das alles im Gefängnis gar nicht haben. Bestimmt wollte ich auch nichts beschreien, aber in Anbetracht unserer mitunter nicht ganz gesetzeskonformen Aktivitäten, drängte sich manchmal schon die Frage auf, wie es im Gefängnis wohl sein würde. Mit Josie konnte ich nicht wirklich darüber reden. Sie wiegelte das ab und sagte dann nur so was wie: »Ach, hör mir auf, wir sind viel zu hübsch für den Knast.« Manchmal schmeichelte mir das, bis mir wieder einfiel, wie ernst doch eigentlich alles war.

Der Clou der Wohnanlage war, dass aus jeder Wohnung ein Müllschlucker direkt in eine unterirdische Schredder- und Pressanlage führte. Ich hatte sie mir mal angeschaut und war richtig begeistert. Sie trennte und verarbeitete den Müll vollautomatisch und machte am Ende so würfelartige Blöcke aus ihm, was für uns natürlich sehr hilfreich gewesen war. So konnten wir unsere Klamotten loswerden und uns relativ gewiss sein, dass diese – samt aller möglichen darauf befindlichen Blutspritzer und

Schmauchspuren – unwiederbringlich vernichtet wurden. Womöglich wäre das auch mit der Waffe und der Munition gegangen, nur sicher waren wir uns da nicht. Und einen Defekt der Anlage wollten wir dann doch nicht riskieren. Das hatte aber insoweit sein Gutes, dass wir an unserem Plan nichts abzuändern brauchten.

Am späten Abend schaltete ich das Handy ein und durchforstete die lokalen Nachrichtenseiten. Es wurde nichts über einen Leichenfund oder so berichtet, und die aktuellsten Pressemitteilungen der Behörden kündigten lediglich Beeinträchtigungen im Straßenverkehr an oder informierten über kleinere Einbruchs- und Diebstahlsdelikte. Erst einmal fand ich das gut, aber dann wurde ich doch skeptisch. Dass Melinda Owens vermisst würde, stand außer Frage. Schließlich wussten wir, dass sie es nicht bis zum Kindergarten geschafft hatte, und das dürfte dort ja auch jemanden aufgefallen sein.

»Scheiße«, brach es ganz plötzlich aus mir heraus, »ihr Handy!«

»Ja?«

»Vermisstenfall, Handyortung ...«

»Na und, das heißt?«

»Keine Ahnung, vielleicht, dass man sie doch schon gefunden hat?! Die Polizei sagt, sie reagiert erst, wenn jemand vierundzwanzig Stunden vermisst wird, aber ob das stimmt? Das Handy haben wir in der Tasche gelassen, es ist also lokalisierbar. Und dass es nirgendwo eine Info gibt, vielleicht ist das ja Taktik.«

»Jetzt chill mal und heul hier nicht rum! Logo finden die die, das war uns doch klar«, blaffte Josie mich an. Ich hatte aber gar nicht geheult. Die mich überkommende Panik ließ mich wohl kurzzeitig nicht mehr klar denken. Josie hatte ja recht. Dass wir uns direkt versteckten, das war ja gerade deswegen, weil es möglich gewesen wäre, dass Melinda Owens unmittelbar gefunden würde, dann bestimmte Polizeimaßnahmen sofort eingeleitet worden wären und wir es nicht mehr rechtzeitig »nach Hause« geschafft hätten.

Nachdem ich mich wieder gesammelt hatte, entschieden wir, in den frühen Morgenstunden des nächsten Tages zu verschwinden. Inmitten des Berufsverkehrs schien uns das machbar.

Josie aß ein Käsebrot. Es wirkte so, als würde sie es genießen können – auch ohne Avocadoscheiben.

14

Ich hatte nie wirklich Glück mit Frauen, aber es war nicht deren Schuld. Eigentlich war es niemandens Schuld. Beziehungen haben bei mir irgendwann immer auch Stress ausgelöst und ich konnte nicht so gut mit Stress. Das hat dann vieles komplizierter gemacht.

Wenn man so ein klassischer »Spätzünder« ist, wie ich es wohl gewesen bin, ist man erst einmal froh, überhaupt eine Freundin zu haben. Damit Freunde, Bekannte und so nicht erst auf falsche Gedanken kommen und sich vielleicht fragen, was mit einem nicht stimmt. Bis dahin war ich zwar oft ausgegangen, aber wahrscheinlich habe ich mir zu wenig Mühe gegeben, um mal jemanden kennenzulernen. So konnte das natürlich nichts werden. Es hatte sich genau genommen nur dann erst was ergeben, wenn ich überrascht worden bin und nicht mit irgendetwas rechnen konnte. Genau dreimal war das der Fall, also, woraus dann jeweils auch eine Beziehung entstand.

Beim ersten Mal sprach mich ein Mädchen an und erzählte mir von einer Freundin, die mich auf einer Vernissage gesehen hatte und mich »interessant« fand. Es blieb offen, was das an mir denn genau sein sollte, weil eigentlich war ich doch ganz normal. Ich bekam die Nummer der Freundin und dann ging es recht schnell, dass wir uns verabredeten. Ich war ja auch neugierig. Vernissage klingt immer irgendwie hochtrabend. Es war bloß eine kleine Fotoausstellung eines Bekannten. Da waren nicht viele Gäste, nur fünzig oder so. Da ich mich nicht getraut hatte, zu fragen, wie ihre Freundin aussah, versuchte ich mich an die Ausstellung und an die dort anwesenden Frauen zu erinnern. Das war gar nicht so einfach. Soweit es eben ging, trennte ich vor meinem geistigen Auge die hübschen Frauen von allen anderen. Die Vorstellung, es könnte eine von den Hübschen sein, die machte mich echt glücklich. Ich habe auch fest daran geglaubt, aber Glaube allein reicht manchmal leider nicht. Trotzdem wurden wir ein Paar und am Anfang war es auch wirklich schön, so richtig mit Verliebtheit, Schmetterlingen im Bauch und alles, was dazugehört. Nur irgendwann hatten wir uns aneinander gewöhnt und es war nicht mehr so aufregend. Sie wollte, dass wir mehr miteinander reden, aber mir wurde das zu viel. Wir haben es dann noch ein bisschen so probiert, ohne reden. Nach insgesamt zwei Jahren war es vorbei. Sie weinte deswegen, aber nicht lange, weil sie schon bald einen Neuen hatte.

Meine nächste Freundin ließ da länger auf sich warten. Dabei war ich gar nicht ihr Typ, wie sie mir mal offenbarte. Normalerweise stand sie nämlich auf Männer, die vom Körper her dem Schauspieler von *Thor* ähnelten. Wenn man mich ansah, hätte man eigentlich gleich erkennen können, dass da gar keine Ähnlichkeit vorhanden war. Doch es einte uns dieser eine »Filmmoment«, wie sie es ausdrückte. Eine Begegnung wie im Film: Mann und Frau in einem Zugabteil. Stromausfall und ein unplanmäßiger Halt auf halber Strecke. Man versichert einander, Stromausfall und Stopp bemerkt zu haben und kommt darüber ins Gespräch. Bei uns kam hinzu, dass ich wohl irgendwas Witziges gesagt oder unfreiwillig niedlich geguckt hatte, oder unfreiwillig niedlich guckend witzig gewesen bin. Das war ihrerseits scheinbar ausreichend, um über meine – vergleichsweise – körperlichen Unzulänglichkeiten hinwegzusehen. Am Zielbahnhof angekommen, nahm sie meine Hand und von da an waren wir zusammen. Ich habe das aber nie oft so erzählt, weil mir das selbst zu kitschig war. Ich stellte mir vor, wie mir jemand so eine Geschichte erzählen und ich sie dann für übertrieben, wenn nicht sogar für ausgedacht halten würde. Es lief jedoch ganz gut und wir machten Sachen, die Pärchen eben so machen. Einmal sprach sie über Kinder. Ich war unentschlossen. Danach schlug sie eine Pause vor, um sich kurz darauf zu trennen. Es könnte aber auch nur ein Vorwand gewesen sein. Ich dürfte ruhig mehr Sport machen, hatte sie nämlich auch mal gesagt. Vielleicht war ihr bloß klar geworden, dass ich niemals ein *Thor* sein würde.

Freundin Nummer drei verdankte ich Benedicte.

»Die da drüben ist eine todsichere Sache«, hatte er gesagt. Dann grinste er und nickte mir aufmunternd zu, als forderte er mich auf, direkt »ranzugehen«, bevor es ein anderer tut. Sein gönnerhafter Zug erklärte sich dadurch, dass es sich bei der Auserwählten um seine Cousine handelte. Also verfügte er gewissermaßen über Insiderinformationen. Ich fühlte mich nicht wohl dabei. Es war in etwa so wie in der Schule, wenn der Banknachbar sein Arbeitsblatt extra so platzierte, dass man mühelos abschreiben konnte. Einerseits freute man sich über Hilfe, andererseits hatte man doch Schiss, erwischt zu werden. Und zu Hause wurde man auch nur schief beäugt, weil niemand so recht glauben wollte, die gute Note sei in Eigenleistung erbracht worden. Wobei ich seine Cousine eh nicht mit zu meiner Familie mitgenommen hätte.

Benedicte kannte ich von der Schule her. Wir waren nie wirklich dicke miteinander, aber wir verstanden uns, weil es niemanden gab, der sich nicht mit Benedicte verstand. Und gerade dass er so ein Spaßmacher-Typ war, mochten viele und da war es okay, von ihm auch mal veralbert zu werden. Einmal hatte eine Lehrerin etwas an die Tafel geschrieben und er rief: »Was ein Arsch!« Als sie sich umdrehte, konnte man richtig ihr Entsetzen sehen. Sie schrie: »Wer war das?!« Benedicte deutete auf mich. »Na los, sag doch noch mal laut!«, grölte er und alle lachten. Das war aber kein Problem, weil es ja ein Scherz war und die Lehrerin sowieso wusste, dass ich so etwas niemals sagen würde. Und eigentlich hatte Benedicte ihr ja auch ein Kompliment gemacht. Das konnte er überhaupt sehr gut. Komplimente machen. Darum beneidete man ihn, und darum, dass er es später deswegen auch so leicht mit den Frauen hatte. Häufig tauchte er alleine irgendwo auf und ehe man sich versah, verschwand er mit einer Frau im Arm, und es störte ihn offenbar nicht, dass es jedes Mal eine andere war. Er selbst hatte mal gesagt, dass er nichts dafür könne, weil Gott es war, der ihm ein »Frauenmagnetgesicht« gab. Ich fand, dass man Gott da rauslassen sollte, aber ein Frauenversteher schien er trotzdem zu sein, und er hätte sehr gut auch eine eigene Kolumne in einem Männermagazin haben können oder so.

Was seine Cousine betraf, suchte ich schon auch nach einem Haken. Man »preist« nicht ohne Weiteres ein Familienmitglied an, dachte ich. Mir fiel auf, dass sie außergewöhnlich asymmetrische Augenbrauen hatte und ich überlegte, ob mich das auf Dauer eventuell stören könnte, und als wir einander vorstellten, druckste sie wegen ihres Namens herum, weil man ihn französisch aussprechen müsse. Dabei war das überhaupt nicht schwer und selbst bei falscher Aussprache, hätte sie bestimmt gewusst, dass sie gemeint war. An jenem Abend wich sie nicht mehr von meiner Seite, und das gesamte Jahr darauf irgendwie auch nicht. Sie war wirklich sehr genügsam. Ich brauchte eigentlich nur in ihrer Nähe sein und das mit dem Reden, das klappte mit ihr auch viel besser. Und in jener Zeit kam die Immobiliensache ins Laufen, was sie auch ganz spannend fand. Ich erzählte ihr von den Projekten und Besichtigungen, zeigte ihr Bilder und so, aber das reichte ihr nicht. Sie wollte selbst dabei sein, nur ging das nicht immer, und wir sahen uns auch nicht mehr jeden Tag. Irgendwann hatte sie jemanden gefunden, der mehr Zeit für sie aufbringen konnte. Wenigstens war mir Benedicte nicht böse, denn auch danach grüßte er mich weiterhin.

Das Alleinsein machte mir nichts, aber wenn man sich an jemanden gewöhnt hatte, der dann plötzlich nicht mehr da war, dann schmerzte das schon. Meine Traurigkeit und Enttäuschung darüber habe ich auch offen gezeigt, bis ich erkannte, dass, wenn Frauen meinten, sie stünden auf »Männer, die Gefühle zeigen«, es sich irgendwie nie auf mich bezog. Ich konnte damit jedenfalls keine zurückgewinnen. Ich wusste aber auch gar nicht immer so genau, ob ich das wollte. Manchmal ist das vielleicht nur so ein Reflex, dass man um Versöhnung kämpft, obwohl die eigene Überzeugung fehlt. Außerdem war ich sowieso nicht so gut im Diskutieren oder Überreden. Die meisten Abers auf eine Trennung fielen mir erst dann ein, als die Frauen längst weg waren. Und manchmal hatte ich sogar richtig gute Abers, dass es schon schade war, sie nicht mehr vortragen zu können.

Seither ist nicht mehr viel geschehen. Nicht, dass ich es nicht probiert hätte, aber die Erwartungen verschoben sich, beeinflusst von der Erkenntnis, dass Dating eigentlich nur ein irrationales, kostspieliges und wenig ertragreiches Hobby darstellte. Ich habe wirklich versucht, es zu unterdrücken, aber nach dem fünften mittelmäßigen bis enttäuschenden Date, drängte sich mir einfach die Kosten-Nutzen-Frage auf. Vom zeitlichen Aufwand ganz zu schweigen, aber was hatte ich nicht alles an Geld für Abendessen, Taxifahrten und neue Shirts und so ausgegeben. Und selbst wenn eine dieser Verabredungen Körperlichkeiten zur Folge gehabt hätte, konnte ich mir nicht vorstellen, dass diese so gut hätten sein können, dass sie die gesamten Ausgaben gerechtfertigt hätten. Das hätte man anderswo – bei den Frauen auf den bunten Visitenkärtchen mit den großen Telefonnummern – bestimmt billiger haben können.

Manchmal war ich richtig froh, einfach nur zu Hause zu sitzen und fern zu sehen, weil mir dann klar wurde, wie viel Geld ich dadurch gespart hatte, mich an diesem Abend nicht zu verabreden. Ich stellte es mir aber auch schlimm vor, von einer Frau eingeladen zu werden. Dann wäre man vielleicht genötigt gewesen, sie mit einem schlafen zu lassen, obwohl man sie womöglich gar nicht mochte. Aber zum Glück ist mir das nie passiert. Das hätte mir sicher nur Unbehagen bereitet.

15

Ein Schuss in den Kopf hinterlässt nicht nur ein kleines Loch. Im Fernsehen wird es so dargestellt, dass es bei den Nahaufnahmen gerne so aussieht, als hätte der Täter mit einem Zirkel agiert, um ein akkurates Einschussloch zu haben. Und als würde ein Kopfschuss nur mit wenig Blutverlust einhergehen. In Wahrheit ist da viel Blut und vom Gesicht bleibt auch nicht mehr viel übrig. Einmal mehr hatte ich gelernt, dass man wirklich nicht alles glauben sollte, was sie einem Fernsehen zeigen.

Das galt ebenso für die Berichterstattung über Melinda Owens. Es lief auf allen Kanälen: »Radfahrerin erschossen«, »Raubmord«, »Frau brutal zugerichtet«, und eine Reporterin berichtete sogar live vor Ort. Man konnte die Backsteingebäude im Hintergrund sehen. Als Kind hatte es mich fasziniert, wenn im Fernsehen ein Ort gezeigt wurde, an dem ich selbst schon war. Freudig zeigte ich auf, dass ich »dort« schon gewesen bin, und dann habe ich mich deswegen auch immer ein bisschen besonders gefühlt, auch wenn es meine Eltern nicht so richtig interessierte.

Die Reporterin sprach von einer »Tragödie« und davon, dass ein kleiner Junge seine »liebevolle Mutter« verloren hätte.

»Eine WAS?!« Josie geriet außer sich. »Merkt die sich? Liebevoll? Ich zeig der gleich mal liebevoll!« Es war wirklich komisch.
Ich fragte mich, woher sie das denn so genau wissen wollte und
dann dachte ich mir, dass Reporter bestimmt vorgefasste Text-
bausteine haben. Und wenn über einen Mord oder so berichtet
wird, dann erzählen sie einfach immer das Gleiche, weil es sowieso niemand kontrollieren könnte.

Beruhigend wirkte, dass ein Polizeisprecher in einem ersten
Statement auf ansässige Straßengangs verwies und von einem
»Zufallsopfer« sprach. Dann blendeten sie einen Stadtplan ein,
worauf rote Punkte die tödlichen Überfälle der jüngeren Vergan-
genheit markierten. Die Einblendung war zu kurz, als dass man
alle Punkte hätte zählen können. Direkt danach folgte Werbung,
erst für Scotch und dann für Damenbinden, mit verbesserter
Saugkraft oder so. Wir schalteten den Fernseher ab.

Eigentlich war das ganz und gar nicht klug, dass wir mit der
Waffe und der Munition durch die Gegend liefen. Dabei hatten
wir doch an alles gedacht, dass ich mich selbst dafür ohrfeigen
wollte, derart nachlässig mit der Reihenfolge gewesen zu sein.
So komplett ohne Risiko wäre es sowieso nicht gegangen, aber
man musste ja nicht noch zusätzlich Ärger provozieren. Beim
nächsten Mal, beschloss ich, würde ich es definitiv anders machen. Dann würde ich es so planen, dass wir zuallererst die Tat-
waffe loswerden. Also, schon auch auf sichere Art – nicht nur
durch ins Gebüsch werfen oder so.

Die Konditorei hieß schlicht und ergreifend *Konditorei*, und
der Duft von frischen Backwaren ließ keinen Zweifel daran, dass
es sich auch um eine solche handelte. Josie wartete etwas abseits
des Eingangs. Ich war ein bisschen aufgeregt, sodass ich die Aus-

lage gar nicht beachtete. Eine ältere Dame kaufte vier Stück Heidelbeertorte. Als ich dran war, bat ich um die Bestellung für Palmer. Die Verkäuferin blickte mich prüfend an. Womöglich kam ihr der Gedanke, dass ich nicht wie jemand aussah, der sich üblicherweise für Bestellungen für Palmer interessierte, oder eben etwas so Böses tun könnte, dass er nun ihre »Dienstleistung« in Anspruch nehmen müsste. Zur Verifizierung fragte sie nach der Adresse, während ich der älteren Dame hinterherschaute, bis diese den Laden verlassen hatte. Nachdem ich ihr die korrekte Anschrift gab, rief die Verkäuferin jemanden aus dem Hinterzimmer herbei. Ich verstand nicht, was sie genau sagte, aber ich nahm an, sie sprach jugoslawisch. Eine zweite Verkäuferin erschien und ohne mich zu begrüßen, sagte sie: »Wenn Sie mir folgen würden, bitte.« Wir gingen nach nebenan. Vorbei an Blechen voller Plunderstücke und Tortenkreationen, führte eine Hintertür in einen weiteren Raum, welcher einen riesigen Ofen zum Vorschein brachte. Ich konnte gleich erkennen, dass es kein gewöhnlicher Ofen war. Er sah zwar aus wie ein normaler Steinofen, aber das Innere kam eher einer überdimensionalen Mikrowelle gleich. So etwas hatte ich noch nie gesehen.

»Legen Sie es hier drauf«, sagte sie und reichte mir eine Art Tablett.

»Alles zusammen oder einzeln?« Ich überlegte, ob ich den Inhalt aus dem Beutel nehmen sollte, um den Beutel behalten zu können. Es war kein besonderer Beutel, aber einen Beutel kann man ja immer mal gut gebrauchen, dachte ich.

»Egal.«

»Da ist auch Munition …«

»Kein Problem, kein Problem. Einfach darauflegen, bitte.« Sie lächelte mich an, aber es schien nicht ehrlich gemeint zu sein. Es wirkte aufgesetzt, wie ein Höflichkeitslächeln. Bestimmt fragte

sie sich, warum ich mich so anstellte. Um sie nicht weiter zu ver-
ärgern, beeilte ich mich und legte den Beutel einfach so auf das
Tablett. Den Inhalt dabei flüchtig abtastend, konnte ich zumindest den Lauf der Waffe erfühlen.

»Fertig?«

»Ja«, meinte ich und war gespannt, was nun passieren
würde. Das war natürlich etwas albern, weil ich ja keinen Zau-
bertrick zu erwarten hatte oder so. Schlussendlich wurde das
Tablett auch nur in den Ofen gelegt, die Tür verriegelt und ein
Knopf betätigt. Und dann war nur ein leises Brummen zu hören.
Mir gefiel der Gedanke, dass es sich um einen energieeffizienten
und umweltschonenden Ofen handeln könnte. Ich wurde zurück in den Verkaufsraum geführt und auf dem Weg nach draußen, sagte die erste Verkäuferin: »Sie müssen kaufen!« Ich war
irritiert und erwiderte: »Was meinen Sie?«

»Sie müssen kaufen. Wenn jemand sehen, Sie kommen hier,
lange Zeit, und gehen, ohne kaufen, nicht gut.« Das leuchtete ein,
aber bevor ich mir selbst was aussuchen konnte, hatte sie mir etwas zusammengestellt. Es sah so aus, als wäre auch irgendwas
mit Heidelbeeren dabei. Ich wollte erst sagen, dass mir Heidelbeeren nicht schmecken, aber das hätte vielleicht undankbar gewirkt. Schließlich hatte sie schon alles schön verpackt, und es
war auch gar nicht so teuer.

Über Melinda Owens hatte ich danach gar nicht so viel nachgedacht, wie das noch bei Eric Barr der Fall gewesen war. Vielleicht
hätte es mich beunruhigen sollen, dass ich mich nach nur zwei
Toten schon so an das Morden gewöhnt hatte, wobei ich ja auch
nicht so richtig der Mörder war. Ich habe mich aber auch nicht
wirklich angestrengt, genauer zu hinterfragen, warum es mir ein

bisschen egal war. Es musste ja außerdem irgendwie weitergehen. Bei den Sportfesten in der Schule war das doch genauso. Da war ich beim Weitsprung vielleicht nicht so gut, aber bevor ich mich richtig darüber ärgern konnte, kam das Kugelstoßen. Das mochte ich überhaupt nicht, weswegen mir mein Abschneiden dann auch egal war. Und so ging das immer weiter: Aufgabe für Aufgabe, begleitet von ganz vielen Gefühlen, den guten wie den schlechten. Erklären konnte ich mir die damals auch schon alle nicht, eine Urkunde erhielt ich trotzdem.

»Scheiß TV-Tussi, soll froh sein, dass sie nicht auf die Liste kommt, haha!« Josie nahm es schon wieder etwas lockerer und gab mir einen herzhaften Knuff. »Aber siehste, läuft alles, und ich sag doch, die kriegen uns nicht. Wir sind wie Bonnie und Clyde, haha!« Ich musste auch lachen, doch dann erinnerte ich mich an die echten Bonnie und Clyde.

Am Ende waren beide tot.

16

Wir waren uns schnell wieder sehr vertraut und trotzdem war es beinahe jeden Tag aufs Neue schön, mit Josie zusammen zu sein. Es wurde irgendwie nie langweilig und selbst die stillen Momente bezeugten die Unbeschwertheit unseres Daseins. Mir gefiel die Vorfreude, welche mich umgab, wenn wir uns verabredeten, und ihr Lächeln, wenn sie mich dann zur Begrüßung in ihre Arme schloss, und dass wir so viel Spaß miteinander haben konnten, obwohl sie auch mal anstrengend war. Aber böse war ich ihr deswegen nicht. Doch das Allerbeste war, dass wir uns näherstanden, ohne »amouröse« Erwartungen aneinander zu stellen. So ein Begriff wäre mir natürlich selbst nie eingefallen. Ich war nur mal über einen Artikel gestolpert, von einem Sexual- und Paartherapeuten oder so. Normalerweise lese ich so etwas gar nicht, aber dieser war sogar richtig interessant. Darin wurde nämlich beschrieben, wie gut tiefe Freundschaften zwischen Männern und Frauen funktionieren könnten, wenn denn die jeweiligen Parteien gemeinsame sexuelle Aktivitäten unterlassen würden. Eine enge emotionale Bindung zueinander, die gegenseitige Zuneigung, stand da, verpflichtet nicht zum Geschlechtsverkehr. Sex mache vieles nur kaputt, hieß es weiter, und dass es eben eine hohe Kunst wäre, jemanden aufrichtig zu lieben, ohne mit ihm eine klassische Liebesbeziehung zu haben. Diese Form der Liebe sei dann oft intensiver und in gewisser Weise »unkaputtbar«, weil sie nicht den herkömmlichen Alltagskonflikten und »Abnutzungserscheinungen« – zum Beispiel innerhalb einer Ehe – ausgesetzt wird. Der Autor meinte, das ließe sich sogar alles biochemisch wie auch psychologisch belegen, aber so genau wollte ich es dann doch nicht wissen.

Ich fühlte mich jedoch sehr wohl mit der Vorstellung, die im Artikel definierte Liebe würde genau das beschreiben, was Josie und ich lebten. Trotzdem behielt ich es für mich, weil ich ja nicht wusste, wie Josie das sah, und hätte sie anders darüber gedacht, hätte mich das vielleicht trübsinnig gestimmt.

Aber mit der Zeit verlor es eh an Bedeutung. Uns war beiden irgendwann klar gewesen, den Punkt für »mehr« längst überschritten zu haben, wir aber deswegen nicht traurig sein brauchten, weil wir gleichermaßen wussten, dass wir etwas Besonderes teilten. So scherzten wir sogar darüber. Na gut, vielmehr war es wohl so, dass Josie mich damit aufzog.

»Wärst du neulich mit ins Taxi gestiegen, wer weiß, vielleicht hätte ich dich ja rangelassen, haha!«, sagte sie provozierend, und als ich direkt darauf reagieren wollte: »Zuuuu spät, haha!« Josie wusste schon ganz genau, wie sie mich in Verlegenheit bringen konnte, und dann hatte sie auch sichtbar Freude daran. Als ich sie einmal abholen wollte, sie sich aber noch fertigmachen musste, zeigte sie sich mir oberkörperfrei, einfach so – ohne Vorwarnung. Ich hatte mich sofort umgedreht, weil ich es für ein Versehen hielt.

»Mensch, nun hab dich nicht so! Guck schon her, ich will doch wissen, wie du sie findest.« Es sollte ernst gemeint klingen, aber Josie hatte spürbar Mühe, sich das Lachen zu verkneifen.

Ich drehte mich zu ihr, jedoch ohne sie richtig anzuschauen, sondern fixierte stattdessen die Wand im Hintergrund. Im Augenwinkel konnte ich aber erkennen, wie sie ihre Brüste erst tätschelte und dann knetete, und dann nach oben presste, um sie anschließend »fallen« zu lassen.

»Voll straff, da hängt nichts! Nice, was?«

»Schon«, sagte ich so dahin und hoffte, die Sache wäre damit erledigt.

»Schon? Mehr fällt dir etwa nicht ein?«

»Na ja, also ...« Was hätte ich noch sagen können? Ich wusste wirklich nicht, was da angebracht gewesen wäre.

»Die sind mal so was von perfekt! Nicht zu groß und nicht zu klein, die liegen schön in den Händen.« Dann nickte sie selbstzufrieden, während sie neuerlich auf ihren Brüsten herumdrückte. Ich schaute noch immer nicht genau hin, ich wollte einfach nur, dass sie damit aufhört.

»Willste auch mal?«, fragte sie extra übertrieben anstößig, nur um mich zu ärgern. »Komm schon, mach. Komm schon ...«, stöhnte sie gespielt, aber dann konnte sie sich nicht mehr zurückhalten und kriegte einen Lachanfall. »Wenn du dich nur sehen könntest, haha! Der Blick, geil! Einfach unbezahlbar, haha!« Ich tat so, als würde ich es auch total lustig finden, aber eigentlich war ich erst froh, als Josie sich endlich etwas überzog.

Es war ein Geschenk einer Tante. Josie konnte sich selbst einen Namen aussuchen, jeden, den sie wollte. Darum hieß ihr Pferd Kamel. Als ich davon hörte, musste ich herzhaft lachen, und dann stellte ich mir vor, dass die Tante wohl nicht schlecht gestaunt hätte, wäre Josie noch was Verrückteres eingefallen, Mayonnaise oder so.

Zweimal pro Woche sah sie Kamel. Dann war sie über Stunden nicht erreichbar, aber danach merkte man ihr richtig an, dass sie eine gute Zeit gehabt hatte. Der Reiterhof war in einem Vorort gelegen, wo genau, wusste ich jedoch nicht. Josie hielt sich da sehr bedeckt, aber »paradiesisch« sei es dort, und Kamel würde gut versorgt.

Ich machte mir nicht viel aus Tieren. Als Kind wollte ich einen Hamster haben, aber meine Mutter überzeugte mich davon, dass ich das doch nicht wollte, weil Haustiere nur Dreck machen. Und ich irgendwann sowieso das Interesse verlieren würde, und dann zählte sie Spielsachen auf, welche ich mir erst sehnlichst wünschte, aber später nicht mehr beachtete. Die Auflistung war lang.

Dass Josie manchmal geheimnisvoll tat, daran gewöhnte ich mich. Andere hätten es vielleicht nervig gefunden, oder gemeint, sie wolle sich damit nur wichtig machen. Ich verstand irgendwann, dass sie für alles ihre Gründe hatte und vor allem für ihre persönlichen, autobiografischen Erzählungen ihr eigenes Tempo beanspruchte. Eigentlich war das sogar reizvoll, weil ihre Geschichten nicht immer sofort auserzählt waren und ich dadurch manchmal richtig gespannt auf »die Fortsetzung« sein konnte.

Sie wäre nie weg gewesen, erzählte Josie mir eines Abends im *Murphys*. Dann kritzelte sie die Umrisse der Stadt auf einen Bierdeckel und setzte zwei Kreuze.

»Da warst du, und da war ich.« Auch wenn es nicht maßstabsgetreu gewesen sein dürfte, lagen die Kreuze nah beieinander. »Dreiraumwohnung, voll gemütlich, mein Zimmer durfte ich selbst gestalten – war erst mal alles pink, haha! Papa hat voll viel möglich gemacht, so als Reaktion auf die Trennung halt.

Schön der goldene Löffel für das arme gebrochene, trennungsgeschädigte Kind, haha!« Josies Augen funkelten, während sie weiter von den ersten Monaten nach ihrem Weggang erzählte. Von der neuen Schule, wo sie gut aufgenommen wurde, von der ersten Begegnung mit Kamel, und dem Eisladen direkt gegenüber der Wohnung, den sie – ungefragt – Passanten als »den besten Eisladen der Welt« anpries und dafür Gratiswaffeln bekam. Ich musste schmunzeln, weil ich mir das bei Josie einfach echt gut vorstellen konnte. Ich habe in der Schule mal bei einem Kuchenbasar mitgemacht. Da brauchte ich aber niemanden ansprechen, sondern musste nur dastehen und warten, und wenn jemand etwas kaufen wollte, zählte ich die zum Verkauf stehenden Kuchenarten auf, die ich vorher extra auswendig gelernt hatte. Dass ich viel Trinkgeld erhielt, das war aber super, bis ich es voller Stolz einer Lehrerin zeigte, die es mir wegnahm.

Ich war noch ganz beseelt von Josies Anekdoten, als ich ihren ernsten Gesichtsausdruck vernahm.

»Es tut mir leid«, sagte sie. »Es tut mir leid, dass ich hier einfach so aufgeschneit bin. Es ist kein Zufall. Ich wollte dich treffen, lange schon. Ich … Ich glaub, ich brauche deine Hilfe.«

Dann setzte sie ein drittes Kreuz.

17

Sie war welk. Auf den Fotos wirkte Jessica Franzen verbraucht und zusammengefallen, vom Schlaganfall gezeichnet. In Wirklichkeit war es noch viel schlimmer, sodass ich mit mir haderte. Eine Frau im Rollstuhl. Damit wollte ich mich nicht einverstanden erklären, aber es war nicht verhandelbar.

Mir schien, als hätte das Karma sein Werk getan, und dass man es dabei bewenden lassen könne – in diesem einen, in diesem speziellen Fall.

»No way!«, verwehrte sich Josie energisch gegen meinen Einwand. »Die wird doch nicht plötzlich zur Heiligen, nur weil sie nicht mehr laufen kann! Was glaubst du wohl? Dass wir hier auf nem Scheißtrip der Vergebung sind, oder wie?«

»Was ist denn mit der natürlichen Auslese?«

»Was denn für ne natürliche Auslese?«

»Na, sie macht es vielleicht sowieso nicht mehr lange.«

»Verdammt, das ist doch nicht dasselbe!« Da erinnerte ich mich an Kilian Goldblum. In der Grundschule hatte er öfters Bonbons vom Lehrertisch gestohlen, und einmal, als er dabei erwischt wurde, verschluckte er sich und lief blau an. Er konnte nur durch rabiates Eingreifen der Lehrerin – mit Schlägen auf die

Brust und den Bauch oder so – vor dem Ersticken gerettet werden. Das gab eine helle Aufregung, da es beim Elternabend zur Sprache kam und die Schule entschied, Kilian Goldblum dürfe nicht mit ins Naturkundemuseum. Viele Eltern protestierten dagegen, weil er ja beinahe erstickt wäre und das Strafe genug sein müsste. Aber die Schule sagte, das eine hätte mit dem anderen nichts zu tun. Das war richtig hart für Kilian Goldblum, weil er somit auch die Dinosaurierausstellung verpasste.

Ich wollte damals wirklich nicht in seiner Haut stecken.

Ich gab meinen Angestellten für die Woche frei, der Putzfrau trug ich auf, ihre Tätigkeit auf das Treppenhaus und das Foyer zu beschränken, und versprach, dass sie trotzdem voll bezahlt würde.

Wir waren dem Zeitplan sechs Tage voraus. Diesmal diskutierten wir auch nicht darüber, ob wir irgendetwas vorziehen sollten. Zwar waren wir gut »im Flow«, aber gegen eine Verschnaufpause gab es nichts einzuwenden. Josie kümmerte sich einmal mehr um den alternden Kamel, während ich mich der Buchhaltung widmete. Ich strengte mich aber nicht an, sondern machte extra langsam. So war ich länger beschäftigt und abgelenkt, und musste weniger an Jessica Franzen denken, weil ich mich immer noch unwohl fühlte. Gewissensbisse plagten mich – gefangen in einer emotionalen Zwickmühle. Jessica Franzens Gesicht war zur Hälfte gelähmt. Bei der ersten Observation schossen mir Tränen in die Augen, aber ich erzählte Josie nichts davon. Sie sollte nicht denken, dass ich ihr gegenüber illoyal geworden war. Ich wollte ja auch nichts abbrechen oder so, grundsätzlich hatte ich erst mal nichts gegen den Tod von Jessica Franzen, aber vielleicht wünschte ich mir so etwas wie Nachsicht für sie. Mir fiel aber nicht ein, wie das hätte aussehen können, und eigentlich wusste ich natürlich auch, dass es ein unlogischer, da widersprüchlicher Gedanke war. Vielleicht war mir auch nur komisch zumute, weil es mich an die Zeit im Altenheim erinnerte, mit den vielen gebrechlichen, verschrumpelten, dem Tode geweihten Menschen. Da hatte ich auch oft Mitleid, doch konnte ich mir nicht genau erklären, warum. Wenn ich zur Schicht antrat und es hieß, dass jemand, manchmal auch von einer anderen Station, verstorben sei, machte mich das schon betroffen. Manchmal sagte jemand etwas Nettes, so als Nachruf, aber meistens ging es eher darum, wer das Zimmer aufräumt oder den Papierkram mit den Hinterbliebenen erledigt.

In den seltensten Fällen wurde auch mal richtig lange über jemanden gesprochen. Vornehmlich dann, wenn es eine schöne »letzte« Geschichte über die verstorbene Person gab. Ein Herr, den ich bloß vom Sehen kannte, hatte wenige Tage vor seinem Tod beim Bingoabend einen geflochtenen, voll mit Obst bestückten Weidenkorb gewonnen. Die Schwester und der Pfleger feierten das, als wäre es seine größte Lebensleistung gewesen, was dezent übertrieben war. Aber als ich davon hörte, freute ich mich, weil es das Schicksal offenbar gut meinte, indem es ihm »kurz vor Ende« noch einen Glücksmoment bescherte. Alte Menschen mögen Obst, dachte ich, und sterbende vielleicht sogar ganz besonders.

Nur war es nicht möglich, mein Unwohlsein allein dadurch zu lindern, mir vorzustellen, Jessica Franzen einen Obstkorb mitzubringen.

Jessica Franzen lebte in einer kleinen Siedlung am Rande der Stadt. Nach dem Schlaganfall hatte sie das Haus rollstuhlgerecht umbauen lassen. Wie ich herausfand, beauftragte sie dafür einen mir bekannten Bauunternehmer, aber ich sprach nicht mit ihm darüber.

Die Häuser der Siedlung lagen teils mehrere hundert Meter auseinander, die unmittelbaren Nachbarn von Jessica Franzen waren vor langer Zeit weggezogen oder verstorben. »Zum Verkauf«-Schilder dominierten die Vorgärten. Sie blieb, weil sie nie woanders war, und weil im Sommer das Blumenbeet hinter dem Haus bestellt werden musste.

Die Abgeschiedenheit machte es für sie einfach, die Krankheit zu verstecken, sich zurückzuziehen und ihren Lebensabend in Einsamkeit zu begehen. Wöchentlich sah ein mobiler Pflegedienst nach dem Rechten, und der letzte verbliebene Gemischtwarenladen der Gegend versorgte Jessica Franzen mit Lebensmitteln und Dingen des täglichen Bedarfs.

Das war alles, was wir zu berücksichtigen hatten.

18

Ich dränge mich nicht auf oder so, aber wo ich kann, da helfe ich, und eigentlich tue ich das dann auch gerne. Bei Josie war das natürlich nicht anders, wobei ich mir bei der Bedeutungsschwere ihres einleitenden Vortrags schon hätte denken können, dass »Hilfe« nicht nur meinte, ihr Geld zu leihen oder irgendwo mit anzupacken, weil etwas schwer zu tragen ist.

Ich war ein bisschen nervös.

»Deine Plakatwerbung …«

»Plakat… ach ja!« Zu Beginn habe ich Flyer und Visitenkarten drucken lassen und ein Anzeigenvertreter empfahl mir, eine Werbetafel anzumieten, sechs mal vier Meter, am besten sollte diese auch ein Portraitfoto von mir zeigen. Das würde Vertrauen schaffen, versicherte er, und dass ich ein Sonderangebot bekäme, drei Monate zum Preis von zwei. Ich ließ mich überreden, doch wie sich zeigte, hätte es das wohl gar nicht gebraucht. Zumindest hatte nie ein Kunde angedeutet, explizit durch die Werbetafel auf mich aufmerksam geworden zu sein. Und auch die Auswahl des Fotos war wohl nicht optimal, da sich meine Mutter darüber beklagte, wegen meines »ausdruckslosen« Gesichts und der bordeauxfarbenen Krawatte. Irgendwann bereute ich es, ihr die Werbung überhaupt gezeigt zu haben.

Gegenüber Josie tat ich deswegen auch so, als könnte ich mich nur noch dunkel erinnern, und sagte: »Da war mal was, ja. Muss aber ewig her sein.«

»Definitiv! Bestimmt in den Achtzigern, der Krawatte nach zu urteilen, haha!«, scherzte Josie. »Was weiß ich, drei Jahre vielleicht? Ich wollt immer mal nen Brief schreiben, voll oldschool sogar, mit der Hand, aber bei meiner Sauklaue, haha!« Dann wurde sie mit einem Mal wieder ernst: »Ich musste Papa ins Heim stecken. Der leidet an Demenz, in nem Scheißstadium – der checkt gar nichts mehr. Ihn zu besuchen, kann ich mir bald schenken. Der hat null Plan, wer ich bin. Je nachdem, wie die Pillen anschlagen, bin ich Stewardess oder Putze, oder eine vom Geheimdienst, die ihm Rasierklingen ins Essen mischen will. Alter, der schiebt Filme, das kannste dir nicht vorstellen. Wenn ich sag, ich bin seine Tochter, sagt er, er hat keine. Aber wenn ich ihm Fotos von uns beiden zeige, oder voll viel Vater-Tochter-Kram erzähl, rattert's bei ihm, da blitzt was auf. Aber ne Sekunde später: Game over.«

»Tut mir leid«, sagte ich vorsichtig. Dann stellte ich mir Josies Vater vor, den aus der Kindheit, und überlegte, wie alt er inzwischen wohl sein müsste. Ungefähr so alt wie meine Eltern, und dass es ungewöhnlich sei, in so einem Alter dement zu sein, dachte ich, und meinte: »Das ist wirklich hart.« Ich hätte gerne noch etwas Aufmunterndes hinzugefügt, aber bei so einer Krankheit, wusste ich nicht, was da passend gewesen wäre.

»Schon gut«, erwiderte Josie. »Schusselig war Papa eigentlich immer, und voll die krassen Aussetzer hat's schon zu Mamas Zeiten gegeben. Aber kein Schwein denkt doch an so was.«

»Was ist denn eigentlich mit deiner Mum?«, hakte ich nach.

»Haha! Frag nicht. Die hat sich verpisst, und ist seit fünfzehn Jahren auf nem Selbstfindungstrip, raucht Pilze, betet Ameisen an und macht Eigenurin-Kuren. Widerlich.«

»Also, kein Kontakt?«

»Nee, sie hat mich damals gleich mit verlassen. Faselt ständig was von, die Mutterrolle bekommt ihr nicht. Die hat nen schönen Treffer, und jedes Jahr, zum Geburtstag, krieg ich nen Päckchen mit Esogedöns; Klangschalen, Räucherstäbchen, Buddhafiguren. Irgendein Billiggelumpe, reagier ich gar nicht erst, fliegt direkt wieder raus, dieser Dreck.«

»Aber ist doch eigentlich schade, oder? Die eigene Mutter und so?«

»Ach, Blödsinn! Wenn die lieber jeden beschissenen Scheißtag Bäume streicheln will, bitte. Seitdem das Heim sie wegen Papa kontaktiert hat, lehnt sie es ab, vorbeizukommen. Sie sei nicht bereit dafür, weil sie negative Schwingungen empfange. Hab ich schon erwähnt, dass die nicht sauber tickt?« Ich wollte noch mal sagen, dass es mir leidtut, aber Josie wirkte so aufgebracht, dass es bestimmt untergegangen wäre. Und dann musste ich an meine Eltern denken, und irgendwie beruhigte es mich, dass sie wohl doch ganz normal geraten waren. Meine Mutter sprach früher zwar auch schon mal mit Pflanzen, aber jedes noch so winzige Kleintier hat sie zertreten oder an der Wand zerquetscht, und Räucherstäbchen hasste sie sowieso.

Wir sprachen noch kurz darüber, was die Ärzte dachten. Nur hatten diese keine einhellige Meinung. Einer sagte, es könne bald vorbei sein, ein anderer, dass Josies Vater – selbst in dem Zustand – noch zehn bis zwanzig Jahre schafft.

Mir war überhaupt nicht aufgefallen, dass Josie gar kein Alkohol getrunken hatte. Erst Murph brachte mich darauf, als er uns abkassierte. Ich vermutete, dass sie das extra machte, weil das Thema so ernst war und es sie auch ohne Alkohol genügend aufwühlte. Trotzdem wusste ich immer noch nicht, was es mit dem dritten Kreuz auf sich hatte, und was denn mit der »Hilfe« war. Doch, als konnte sie meine Gedanken lesen, überreichte sie mir den Bierdeckel.

»Später mal mehr«, sagte sie, »erinner mich dran.«

19

Unmittelbar bevor es losgehen sollte, wurde mir plötzlich ganz anders. Unter anderen Umständen hätte ich angenommen, dass sich eine Erkältung anbahnt. Josie schaute mich skeptisch an. Der Pflegedienst war gerade davongefahren. Dreißig Minuten mussten wir von da an noch warten. So lange beanspruchte Jessica Franzen für ihre Einschlafroutine, so lange dauerte es, bis ihre Medikation anschlug.

»Was ist mit dir?«, fragte Josie leicht vorwurfsvoll, als wüsste sie schon, was mich bedrückte, und weil es ihr absolut nicht gefiel, dass wir das ausgerechnet in diesem Moment, hinter einem Gebüsch hockend, diskutieren sollten.

»Ich weiß nicht. Ich würde unten bleiben wollen, denke ich.«

»Du weißt es nicht, du denkst?! Mensch, sprich doch mal Klartext!« Ich konnte es mir ja selbst nicht genau erklären, es war vielleicht auch eher so ein Bauchgefühl. Ich wollte *es* dieses Mal einfach nur nicht mit ansehen müssen. Allein die Vorstellung: Josie und ein Kissen, und dann die schlafende Jessica Franzen. Die womöglich aufwacht und versucht ist, sich zu wehren, und dabei wild mit ihren Armen und Beinen umherzappelt. Und auch wenn ihr Kopf vom Kissen bedeckt wird und ich weiß, dass sie keine Chance hat, weil sie zu schwach, und Josie zu stark ist, würde ich sie trotzdem – imaginär – in voller Gestalt vor mir stehen sehen, als kranke, kaputte Frau, die sie war. Das würde mir eventuell Angst machen, oder ein Übermaß an Mitleid auslösen, dass ich dazwischengehe, und so etwas wollte ich Josie echt nicht antun.

Nur war ich irgendwie nicht imstande, ihr das verständlich zu machen, auch aus Sorge, sie könnte es falsch verstehen und traurig sein, beleidigt, oder sogar wütend. Trotz der Schwierigkeit, mich richtig auszudrücken, schaffte ich es letztendlich, ihr meine Bedenken zumindest ansatzweise zu schildern. Ich rechnete fest mit der Frage nach dem Warum, doch Josie gab lediglich einen abfälligen Zischlaut von sich, und nach einer kurzen Phase des Anschweigens, sagte sie: »Ach, mach doch, was du willst. Pass halt bloß auf, dass du nicht ins Beet läufst, sondern auf den Scheißbetonplatten bleibst!«

Über die Veranda gelangten wir ins Haus, die Tür blieb stets unverriegelt, damit der Botenjunge des Gemischtwarenladens die Lieferungen direkt in den Kühlschrank und die Speisekammer einsortieren konnte. Dafür hinterlegte Jessica Franzen ihm stets ein gehöriges Trinkgeld auf dem Küchentisch.

Die Abenddämmerung hatte eingesetzt. Ein herber, dezent stechender Geruch lag in der Luft, dass ich leichten Druck auf meinen Augen verspürte.

»Puh! Hat die nen Scheißwerbedeal mit ner Parfümerie, oder was?«, stieß Josie angeekelt aus. Das gedimmte Licht des Flures ersparte es uns, im Dunkeln durchs Haus tappen zu müssen. Am oberen Ende der Treppe, im ersten Stock, zwischen dem Lift und der verschlossenen Schlafzimmertür, stand der Rollstuhl. Ich verblieb im Wohnzimmer, während Josie langsamen Schrittes die Treppe hinaufging. Ich folgte dem leisen Quietschen ihrer

Schuhe, als plötzlich neben mir die Durchgangstür zur Küche aufschlug und mich an der Schulter traf. Ich verlor das Gleichgewicht und fiel zu Boden. Vom Küchenlicht geblendet, konnte ich nur schemenhaft die Person im Türrahmen erkennen. Jessica Franzen, in einem Rollstuhl.

»Wer sind Sie? Was machen Sie hier?«, fragte sie fast schon wohlwollend. Doch noch bevor ich mich wieder vollständig aufgerichtet hatte, dämmerte ihr offensichtlich etwas, und mit einem Mal wurde sie total panisch. »HILFE!«, schrie sie. »HILFE! HIL…« Reflexartig hatte ich den nächstbesten Gegenstand gegriffen und ihr mit voller Wucht gegen den Kopf geschlagen. Ich wollte ja nur, dass sie Ruhe gibt. Jessica Franzen fiel vornüber aus dem Rollstuhl. Ich muss sie wirklich gut getroffen haben. Sie war nicht tot, doch sie atmete schwer, und immerhin hatte sie das Schreien eingestellt. Aber war die einsetzende Ruhe nur von kurzer Dauer.

»EYYY! Verdammte Scheiße, Alter!«, schallte es aus dem Hintergrund. »Was ist das denn für ein Projekt?«, brüllte Josie. »Scheiße! Scheiße! Scheiße! Und seit wann hat die eigentlich zwei Rollstühle?« Ich wusste es auch nicht, und außerdem hatte ich erst mal noch mit mir zu tun, wegen des Adrenalins. Ich zitterte am gesamten Körper, mein Herz pochte, und dann fiel mir auf, dass ich den Gegenstand noch in der Hand hielt. Eine Art Bronzestatue in Form einer Eiskunstläuferin, »3. Platz Schulmeisterschaft 1981« war auf dem Sockel eingraviert.

Sie lag einfach nur so da, tief in den Boden schnaubend. Es hörte sich ein bisschen eklig an. Ich überlegte, ob sie sich vielleicht übergeben wollte, als ich das Messer erblickte. Eigentlich war nur die Griffseite offengelegt. Teile ihres Oberkörpers bedeckten den Rest. Ich machte Josie darauf aufmerksam.

»Dann zieh es halt raus, wird ja wohl nicht so schwer sein!« Josie war merkbar gereizt, schließlich war es das erste Mal, dass etwas Unvorhersehbares passierte, und eigentlich hätte sie auch richtig sauer auf mich sein können, denn irgendwie war es ja meine Schuld. Ich hätte Jessica Franzen ja nicht schlagen müssen. In Kindheitstagen hatte ich auch so Schreianfälle, aber nachdem meine Mutter mir einmal Wasser deswegen ins Gesicht schüttete, damit ich leise bin, musste ich mir das schnell wieder abgewöhnen. Sonst hätte sie vielleicht mit Limonade weitergemacht oder so.

Die Schwerfälligkeit ihrer Atmung wurde greifbar, als ich mich vorsichtig zu ihr nach unten beugte. Mein Körper hatte sich noch nicht ganz wieder erholt, die Arme fühlten sich schwer an, immer noch zittrig. Aber das Messer ließ sich trotzdem gut greifen und hervorziehen, und insgeheim freute ich mich auch ein bisschen darüber. Doch da hatte Jessica Franzen schlagartig ihren Kopf nach oben gezogen und dabei ihren Hals entblößt. Ich war derartig erschrocken, dass ich eine unkontrollierte Bewegung machte.

Innerhalb weniger Sekunden ergoß sich ein roter Schwall vor mir. Ich spürte, wie das Blut über meine Arme und Handschuhe floss, und auch in mein Gesicht spritzte. Josie schrie etwas, doch der Schock beraubte mir die Möglichkeit, es zu verstehen. Instinktiv rückte ich zurück, ohne dem Blut dadurch ausweichen zu können.

Ungläubig starrte ich auf die ausblutende Jessica Franzen. Schlussendlich schaute ich ihr beim Sterben zu. Es war ein langes Küchenmesser und ich vermutete, versehentlich ihre Halsschlagader durchtrennt, oder eine Vene aufgeschlitzt zu haben, oder beides. Es war wirklich nicht meine Absicht, und nachdem sich die Aufregung etwas gelegt hatte, ärgerte ich mich so sehr über mich selbst, dass ich kurzerhand sogar vergaß, dass mir an Körper und Kleidung eine große Menge Blut anhaftete. Wäre das alles nicht passiert, dachte ich mir, hätten wir Jessica Franzen einfach nur ins Bett tragen müssen. Josie hätte sich ihrer »angenommen« und es wohl besonders einfach gehabt, dadurch, dass Jessica Franzen ja mehr oder weniger bereits ausgeknockt gewesen wäre. Aber es spielte keine Rolle mehr.

»Na los doch«, sagte Josie spöttisch. »Jetzt ist es eh egal, JETZT kannste auch rausgehen und das Blumenbeet zertreten!«

20

Sie bemühte sich, cool herüberzukommen, während sie mein Büro inspizierte. Das hatte sie vorher noch nie getan. Es verunsicherte mich, weil ich auch nicht wusste, ob sie nach etwas Bestimmten Ausschau hielt oder so. Ich folgte ihrer Mimik, um vielleicht erkennen zu können, was sie von den einzelnen Dingen hielt, die sie betrachtete. Das war gar nicht nötig, denn Josie ließ nichts unkommentiert, beispielsweise, als sie bei den Bildern an der Wand angelangt war. »Aha, Acapulco«, sagte sie, oder: »Oha, der feine Herr war in Buenos Aires, und schau an, hier mit einer sexy Kubanerin.« Es waren vornehmlich Urlaubsfotos, Schnappschüsse. Ich wusste auch nicht immer so genau, wieso man die aufhängt. Vermutlich nur, um sich zu erinnern, wo man schon überall gewesen war. Aber eigentlich schenkte ich ihnen selbst keine Beachtung, manche waren auch schon älter.

»Das ist keine Kubanerin«, merkte ich an. »Sie ist aus Lima.« Ich wollte erst noch erklären, wer sie war, und dass ich nichts mit ihr hatte, aber das war bestimmt nicht wichtig, und außerdem hatte Josie da schon den Baseball in der Hand.

»Interessiert dich das?«, fragte sie.

»Baseball? Schon, und der Ball ist etwas Besonderes. Er ist original signiert, von Alex Rodriguez«, sagte ich nicht ohne Stolz, weil der ja eine Berühmtheit war, und es wirklich nicht leicht gewesen ist, an so einen Ball zu kommen.

»Kenn ich nicht«, erwiderte Josie trocken, legte den Ball zurück und checkte direkt weiter mein Inventar ab. Sie wirkte nervös. Es kam mir so vor, als machte sie das alles, um sich vor etwas zu drücken. Aber mir fiel nicht ein, was das sein könnte. Ich schlug vor, Pizza kommen zu lassen, aber Josie wollte nicht.

»Glaub nicht, dass du gleich noch Bock auf Pizza hast, haha!« Ich verstand nicht, was sie meinte, aber als sie sich versichert hatte, dass alle meine Angestellten wirklich im Feierabend waren und wir ungestört bleiben würden, hatte ich so eine Ahnung. Und tatsächlich kam sie unmittelbar auf den Bierdeckel zu sprechen.

»Das ist jetzt so ein Vertrauensding.«

»Klar.«

«Sag das nicht so dahin.«

»Nein, Josie, tue ich nicht, wirklich.« Dann lief sie noch eine Weile unkoordiniert hin und her, atmete dabei mehrfach – für meine Begriffe etwas zu theatralisch – tief durch und setzte sich letztlich mir gegenüber an den Schreibtisch. Sie hatte mich schon ganz kirre gemacht.

»Du bist immer noch mein bester Freund. Voll bescheuert, ich weiß. Wäre es nicht so, wäre ich nicht hier. Ich hab niemanden, sorry.« Es machte mich verlegen und traurig zugleich. Ich hätte ihr gerne gesagt, dass es bei mir auch die ganze Zeit so war, aber das wäre gelogen gewesen, obwohl ich mich trotzdem total freute, dass sie wieder da war. Eigentlich wusste sie das auch, und bescheuert fand ich ihre Aussage gar nicht.

»Wäre das mit Papa nicht, hätte sich das mit dem Wiedersehen gezogen. Er soll hiervon nichts mitkriegen. Insofern hat die Demenz auch sein Gutes, haha!« Es klang eher verzweifelt, als dass sie es wirklich lustig fand. »Egal«, meinte sie und fuhr fort: »Papa hat damals ne Frau kennengelernt. Keine Ahnung, wo er die ausgegraben hat, bissl viel Klimbim, und voll das Gegenteil von Mama, aber für Papa hat's gepasst. Wir sind dann schnell zu ihr gezogen.« Josie nickte, als ich den Bierdeckel hervorholte und auf das dritte Kreuz deutete, und sprach weiter: »War zu Anfang voll aufregend. Apartmenthaus, mit Portier und Kofferträger, und alles Bling-Bling. Und das Apartment, alles vergoldet, Massagebadewanne, Sauna und, ach, was weiß ich. Ich kann das nicht so gut erklären. Ich bin keine Scheißintellektuelle, haha! Natürlich eigenes Zimmer, doppelt so groß wie mein altes. War schon nice, halt voll das Upgrade für uns. Halbes Jahr gab's kein Stress, doch dann wurde es ... komisch.« Umso länger sie sprach, umso bedrückter wirkte sie. Ich wollte ihr etwas zu trinken holen.

»Lass mal, danke. Ich erzähl erst mal. Also, wie gesagt, halbes Jahr lief das voll gut, mit der neuen Schule war auch okay, aber Papa war nicht mehr so oft da. Wegen der Arbeit halt. Die Neue hat sich dann gekümmert, in, sagen wir, besonderer Weise.«

»Wie meinst du das?«

»Frei raus?«

»Wie du dich fühlst.«

»Essensreste, die ich in den Müll geschmissen hatte, hat sie nen Tag später wieder rausgeholt, auf nem Teller serviert und mich gezwungen, es aufzuessen. Daumenlutschen, Nägelkauen? Da wurde mir Haarspray auf die Hände gesprüht und ich musste es ablecken. Einmal habe ich gekotzt, einmal bin ich ohnmächtig geworden. Wenn ich vom Spielen draußen kam, mit Sand in den Schuhen, oder das Kleid dreckig, musste ich mich im Flur komplett nackt machen. Abends, vorm Schlafengehen, durfte ich mich nicht ins Bett legen. Ich musste am Bett stehen, damit sie mir vorher den Schlüpfer richten kann. Den hat sie hoch und runter gezogen, zur Seite, extra so, damit es zwickt. SO WAS meine ich.« Ich war sprachlos, ich wollte mir das alles auch nicht vorstellen müssen. Josie durfte da zehn oder elf gewesen sein, und was war mit ihrem Dad?

»Als Kind denkste erst mal, wird schon so richtig sein. Hab ja auch Mist gebaut – Nägel gekaut, Essen weggeschmissen, Sand mitgebracht. Und die war ja nicht dumm. Die hat ausgespielt, dass wir in Abhängigkeit stehen. Wenn ich Papa was sag, trennen die sich, wir verlieren den Standard, und ich bin schuld. Voll der Psychoscheiß. Voll subtil, aber hat halt gewirkt. Ich bin da Jahre nicht rausgekommen.«

»Jahre?! Du musstest DAS über Jahre aushalten?«, fragte ich entsetzt und merkte sofort, dass mein Ausruf vielleicht ein bisschen unsensibel war.

»Haha! DAS, mein Lieber, DAS war noch gar nichts.«

Josie schilderte eine Reihe weiterer Disziplinierungen, die sie zu ertragen hatte. Es war erdrückend, das anzuhören, weil sie es auch teils in einer resignativ-melancholischen Stimmung vortrug, so, als sei es das normalste der Welt, dass Kinder derartig erniedrigt werden, wenn sie – vermeintlich – etwas getan haben, worauf eine »Bestrafung« folgt.

Sie beschrieb Vorfälle, wonach ihr Wäscheklammern auf die nackte Haut, auf Höhe der Schulterblätter, angeheftet wurden, nur weil sie beim Duschen angeblich den Rücken nicht richtig mitgewaschen hatte. Ihre Darstellungen waren rein faktisch, Empfindungen bewusst ausklammernd, als würde jemand stoisch eine Einkaufsliste vortragen: In den Bettkasten eingesperrt, einzelne Haare angezündet, stundenlang in einer bestimmten Körperhaltung verharren, das Klo mit Kuscheltieren schrubben.

»Solange Papa da war, war nie was.« Manchmal hätte sie fast schon sehnsüchtig darauf gewartet, dass etwas passiert, nur um es dann möglichst schnell hinter sich zu haben. »Du sitzt in deinem Scheißzimmer und redest dir gut zu. Heute nicht, heute nicht, heute nicht, … und zack, geht die Tür auf. Und irgendwann sitzt die Scheiße so fest, dass du vorm Apartment die Klamotten checkst, und beim noch so kleinsten Schmutzfleck, ziehst du blank.« Mein Mund öffnete sich, aber ich sagte kein Wort. Stattdessen kramte ich aus einer Schublade Tabletten gegen Übelkeit hervor.

Josie bat um ein Glas Wasser.

21

Ich fühlte mich erschöpft.

Als ich noch jung war und meine Mutter einen guten Tag hatte, erlaubte sie mir im Wohnzimmer fern zu schauen. Da brachte sie mir mein Lieblingskissen und die kuscheligste Zudecke, bereitete Tee und stellte ein Glas Honig daneben. Es war eine große Freude, den Honig auf einem Löffel in den Tee zu tunken und zuzusehen, wie er langsam zerfloss. Ich hätte das am liebsten den ganzen Tag gemacht, aber da der Tee irgendwann erkaltete, war der Effekt dahin, und außerdem war er ja zum Trinken da. Aber manchmal machte mir meine Mutter eine noch viel größere Freude, indem sie mich zusätzlich etwas aus dem Süßigkeitenglas nehmen ließ, erst recht, wenn gar kein Wochenende war. Das war dann sozusagen ein richtiger Glückstag für mich.

Josies Blicke konnte ich nicht deuten, aber ich vermutete, dass sie nicht an Kuscheln, Honig oder Süßigkeiten dachte. Ich fragte mich, ob sie vielleicht enttäuscht darüber sei, dass alles anders gekommen war. Vielleicht dachte sie auch, ich hätte ihr etwas weggenommen. Schließlich sollte sie ja über Jessica Franzen richten, und so wusste ich eben nicht, ob sich für Josie was verändert hatte, oder, ob es okay war, weil »das Ergebnis« trotzdem stimmte. Sie machte aber auch keinerlei Anstalten, der toten Jessica Franzen noch irgendetwas anzutun, im Sinne von, dieser noch mal selbst das Messer irgendwo reinzurammen, oder ihr ins Gesicht zu treten oder so. Das hätte für Josie ja theoretisch auch befreiend sein können, wenngleich es vielleicht nicht dasselbe gewesen wäre, wie Jessica Franzen selbst zu töten. Durch meine Gedanken an Josies mögliche Befindlichkeiten, hatte ich schon wieder das Blut an mir, und um uns herum, vergessen. Das war schon eine mächtige Sauerei.

Zeit war erst mal nicht das Problem, zwei Tage hatten wir Luft, bis der nächste Besuch bevorstand, bis wieder jemand nach Jessica Franzen schauen würde. Mir war trotzdem schnell klar, dass wir uns aus der misslichen Lage, in welche ich uns gebracht hatte, nicht alleine würden befreien können. Denn einfach nur notdürftig Spuren beseitigen und verschwinden, war keine Option. Ich wusste ja nicht einmal, welches Mittel am besten dazu geeignet gewesen wäre, um Blut zu beseitigen, oder was wir mit der Leiche hätten anstellen sollen. Eine tote Frau mit einer aufgeschnittenen Kehle war eben doch etwas anderes, als eine tote Frau im Bett, die zwar erstickt wurde, dem ersten Anschein nach aber keinen Anlass dafür bot, an einem natürlichen Tod zu zweifeln.

Ich zog die Handschuhe aus. Mit einem Geschirrtuch säuberte ich oberflächlich mein Gesicht. Dann holte ich das Prepaidhandy aus meiner Jackeninnentasche, legte eine SIM-Karte ein und wählte den Notfallkontakt. Ich ließ es dreimal klingeln. Eine Minute später kam der Rückruf.

»Du siehst bissl aus wie der blutüberströmte Typ aus *Pulp Fiction*«, sagte Josie grinsend. »Ich wollte schon den Gartenschlauch holen und dich abspritzen, haha!« Ich lächelte zurück, weil mir die Szene bekannt war und es sehr wohl Parallelen gab, bis auf die Tatsache, dass John Travolta mir nicht ähnlich sah. Aber ich fand es vor allem schön, Josie wieder fröhlicher zu erleben. Und doch war es gleichzeitig ein bisschen befremdlich, Fröhlichkeit einen halben Meter neben einer Leiche zu verorten.

Der Fahrer fuhr, wohl die richtige Hausnummer suchend, in Schrittgeschwindigkeit vor. Der Van trug das Logo des örtlichen Wasserversorgers und die Aufschrift »24h Notfalldienst.«

»Ach, schau mal an, unser Freund Jackson«, sagte Josie in einem Anflug von Heiterkeit. Ich beobachtete, wie Jackson zwei weiße Tüten vom Beifahrersitz nahm und sich noch mal umblickte, bevor er sich der Haustür näherte.

»Ist er etwa allein?«, gab ich mich erstaunt.

»Haha! Ja! Der Rest der Band ist sicher noch auf nem Gig.« Josie öffnete die Tür einen Spalt, Jackson trat herein und begrüßte uns mit einem kurzen Kopfnicken. Dann ging er zielstrebig ins Wohnzimmer, was mich verwunderte. Woher sollte er denn gewusst haben, dass sich dort die Leiche befand? Aber dann bemerkte ich die Fußabdrücke, die vom Wohnzimmer in den Flur führten, und dass ich diese – mit meinen blutdurchdrängten Schuhen – selbst verursacht hatte.

Es blieb kurze Zeit still, während Jackson sich einen Gesamtüberblick verschaffte. »Welche Räume noch?«, fragte er sodann.

»Wo wir überall waren?«, erwiderte Josie. Er nickte.

»Flur, das Schlafzimmer oben, und wir sind über die Veranda rein«, zählte ich auf, und Josie ergänzte: »Na, Schlafzimmer nicht wirklich, da war ich nicht drin, aber in der Küche.«

»Wann warst du denn in der Küche?«

»Wer hat dir denn bitteschön das Geschirrtuch geholt? Und ich wollte noch was Kaltes, ne Coke, aber die hat doch nur diese

Wirsingbrühe. Hab ich dir doch erzählt.« Daran konnte ich mich gar nicht erinnern, aber wahrscheinlich war das dem Schock geschuldet.

»18000«, unterbrach Jackson unseren Austausch. »18000 komplett, für Reinigung und Entsorgung. In den Tüten findet ihr was zum Anziehen, kostet extra.« Ich überlegte, wie sich der Preis zusammensetzte, was da als Maßstab galt; der Liter Blut oder die Anzahl der Räumlichkeiten.

»Was sind das denn für Lumpen, Alter?« Josie hielt ein schlichtes, graufarbenes Shirt in die Höhe.

»500 pro Wäschepaket.«

»Wie bitte?! 500? Das Zeug ist keine fünfzig wert!« Jackson fühlte sich genötigt, dichter an Josie heranzutreten.

»Mädchen! Wenn DU dir das selber kaufst, bezahlst du vielleicht fünfzig. Wenn WIR dir das besorgen, dann kostet das 500. Thema erledigt. Ich ruf jetzt meine Leute an, ihr wascht euch und zieht euch um.« Es war ein kluger Zug, da keine Widerworte zu geben. Dann funktionierte er einen Überbezug der Couch zu einer Fußmatte um und sagte: »Legt die vorher im Bad aus.«

Noch bevor Jacksons Leute eintrafen, verschwanden wir. Draußen musterte Josie mich.

»In den Klamotten siehst du voll scheiße aus, haha! Discounter-Style, oder wie? Der Typ hat echt keinen Geschmack. Und hast du gemerkt, dass der immer noch so schräg drauf ist? Manche kriegen nichts gecheckt, die ändern sich nie.«

»Ändern? Im Vergleich zu wann, zu vor acht Wochen? Na du bist witzig. Außerdem hat er uns den Arsch gerettet.«

»Für 19...«

»Josie, bitte.«

»Schon gut, sorry.« Dem Tonfall nach hatte sich ihre Aufregung urplötzlich gelegt, und im nächsten Augenblick griff sie nach meinem Arm, zog mich ein Stück zu sich heran und küsste mich auf die Wange, viel länger als beim letzten Mal.

»Danke«, sagte sie mit ungewohnt sanfter Stimme.

»Für was?«

»Für alles.«

22

Der Appetit war mir längst vergangen. Nur gut, dass wir keine Pizza bestellt hatten. Josies Schilderungen jagten durch meinen Kopf. Ich versuchte etwas zu finden, was nur ansatzweise in die Richtung einer ihrer Erlebnisse ging, doch meine eigenen Erfahrungen gaben dahingehend nichts her. Ich wollte aber natürlich auch keinen Wettkampf daraus machen, und Josie war längst noch nicht am Ende ihrer Geschichte, wie ich entsetzt feststellen musste.

Der Sonnenaufgang brachte mir mein Zeitgefühl zurück. Rasend war die Nacht verflogen, Josies Worte aber blieben. Buchstäblich hatten sie sich auf meine Knochen gelegt. Ich spürte die Schwere auf meinem Körper.

»Tut mir leid. Es soll nicht komisch klingen, aber die Putzfrau wird bald kommen. Nur dass du es weißt. Weiß ja nicht, ob sie uns hier so sehen soll?« Ich wischte mir zum wiederholten Male Tränen aus meinem Gesicht. Dann räumte ich die Wasserflaschen und Gläser zusammen und sortierte Unterlagen auf meinem Schreibtisch. Ich hatte es nie geschafft, mir diese Marotte abzugewöhnen. Das war in Hotels schon immer so. Bevor der Zimmerservice erschien, hatte ich das Zimmer eigenständig auf Vordermann gebracht. Irgendwie wollte ich wohl nicht, dass

Hausdamen mich für liederlich halten könnten oder so. Es kam mir auch falsch vor, dass jemand Fremdes mein Bett machte. Erwachsene Menschen sollten imstande sein, ein Bett selbst zu richten, ganz gleich, ob es ihr eigenes war oder nicht.

Josie schien etwas verwundert ob meiner hastigen Aufräumaktion.

»Na, so was, da hat es aber jemand eilig. Wobei, mit *den* aufgequollenen Augen sollteste der Putze echt nicht übern Weg laufen. Die kriegt sonst voll den Schreck, haha!« Es war eine bizarre Situation. Josie war schon wieder zu Scherzen aufgelegt, faktisch in der Sekunde, in der sie mit den grausamen Erzählungen pausierte.

Ich konnte mir zumindest erklären, wieso ich ans Aufräumen dachte und unvermittelt damit loslegte. Es sollte nicht gegen Josie gerichtet sein, aber ich wollte raus aus der Situation. Ein lang anhaltendes Durchatmen als Akt der Verdrängung, was dann aber nicht mal als Versuch taugte, weil sich mir Josies abrupte Gefühlsschwankungen eben nicht erklärten. Ich hatte Jahre oder sogar Jahrzehnte lang nicht mehr so viel geweint, wie in dieser Nacht, während Josie keine einzige Träne vergoß, obwohl es *ihre* Geschichte war. Sehr wohl blickte sie traurig drein, sehr wohl wirkte sie bedrückt, ergriffen, und doch schaffte sie es, unvermittelt wieder beschwingt und glücklich zu wirken, als hätte sie irgendwo einen Schalter dafür. Ich hätte ihr das gerne einfach so abgenommen, aber ich fragte mich ernsthaft, wie das nur sein konnte, als mir meine Eltern indirekt einen Denkansatz boten. Ich erinnerte mich nämlich an die Diskussionen, welche sie manchmal führten. Eigentlich waren es keine richtigen Diskussionen. Meine Mutter sagte meinem Vater meistens nur, dass dieser – in ihren Augen – wieder etwas falsch gemacht hatte, und damit es da keine Missverständnisse gab, schrie sie es zumeist.

Das Geschrei drang dann immer bis in mein Zimmer und so hörte ich auch, wenn sie ihm vorwarf, »abgestumpft« und »gefühlskalt« geworden zu sein. Zugegeben, als kleiner Junge wusste ich nicht wirklich, was das bedeutete, aber wenn sie ihn kreischend anflehte, sich »endlich mal« zu äußern, dachte ich wirklich, dass mein Vater ein bisschen dumm sei. Dass er zu allem nichts sagte, machte meine Mutter ja nur noch wütender, und ich verstand nicht, wieso er das provozierte. Aber irgendwann begriff ich, dass er ganz genau wusste, dass er nichts hätte sagen oder tun können, was eine Diskussion zu seinen Gunsten verändert hätte. Meine Mutter hätte immer das letzte Wort gehabt.

Heute weiß ich, dass mein Vater in Wahrheit richtig clever war.

Bei Josie kam mir der Gedanke, dass sie eventuell gar nichts mehr *spürte*, als sei sie eben vollends »abgestumpft«, als seien ihre Gefühlsregungen und Stimmungen nicht real, sondern nur Fassade, und meine Wahrnehmung nur ein Abbild meiner Interpretation derer. Ich hielt es sogar für möglich, dass mir mein Verstand da einen Streich spielte. Dass ich bei Josie eben jene Gefühle verortete, welche in der jeweiligen Situation erwartbar oder »normal« gewesen wären. Dabei kann jemand »bedrückt« wirken und »traurig« dreinblicken, obwohl er es vielleicht gar nicht ist, genauso wie man »es tut mir leid« sagen kann, ohne es wirklich so zu meinen. Als ich zum Geburtstag mal eine Sporttasche geschenkt bekam, habe ich so getan, als würde ich mich riesig darüber freuen. Doch war diese in Wirklichkeit so richtig hässlich, dass ich sie niemals nutzte, auch, weil ich glaubte, in der Schule deswegen verprügelt zu werden.

An der Stelle wurde mir das Thema ein bisschen zu anstrengend, sodass ich mich erst mal nicht weiter damit beschäftigen wollte. Vielleicht war mit Josie und ihren Gefühlen ja doch alles in Ordnung.

Nachdem ich das letzte Blatt Papier wegsortiert und die Sitzmöbel wieder in ihre Ausgangsposition versetzt hatte, während Josie noch mal die Toilette aufsuchte, war mir wieder ganz schummrig geworden, dass ich mich am Tisch abstützen musste. Schlagartig wurde mein Gehirn mit Bildern ihrer Erzählungen überflutet. Bilder, die ich nicht *sehen* wollte, weil sie erneut Brechreiz auslösten und mir keine andere Wahl ließen, als eine weitere Tablette dagegen einzunehmen.

Mein Vater besaß Kabelbinder. Er nutzte sie, um Werkzeuge oder Holzleisten zusammenzuschnüren, damit er diese dann besser verstauen oder gebündelt aufhängen konnte. Es gab auch eine Schuhmarke, dessen Alleinstellungsmerkmal sich durch bunte Kabelbinder-Etiketten an den Schnürsenkeln auszeichnete. Aber Kabelbinder und die kleine Josie, das brachte ich nicht zusammen. Dabei war genau das geschehen. Ihre Hände wurden auf dem Rücken zusammengebunden, nur weil sie einen Löffel fallen ließ. Josie beschrieb dies als »Essen unter erschwerten Bedingungen«, aber was vielleicht zur Erheiterung in einer asiatischen Gameshow beitragen konnte, war für sie bitterer Ernst. Sie konnte eben nicht jederzeit aussteigen, sondern wurde erst wieder befreit, als sie wirklich alles aufgegessen hatte. Einmal waren die Kabelbinder so fest zusammengezogen, dass sie in die Haut schnitten. Ihr Vater bemerkte die Wunde an ihrem Handgelenk. Da war sie drauf und dran, ihm die Wahrheit zu sagen, als »die Neue« hinzustieß. Josie blieb stumm, aber sie fühlte sich ertappt und ahnte nichts Gutes. In der folgenden Nacht wurde sie geweckt. »Die Neue« hatte ein Kissen auf ihren Kopf gelegt und zugedrückt.

Josie sagte: »Die wollte mich nicht umbringen, aber die wollte demonstrieren, dass sie es könnte. DA hatte sie mich gebrochen. Ich hab danach keine Anstalten mehr gemacht, neben der Spur zu laufen.«

Sie schilderte, wie »die Neue« sie zum gemeinsamen Duschen zwang. Schon vorher konnte Josie dies nicht mehr ungestört tun, weil »die Neue« sie dabei beobachtete und sogar Anweisungen gab, welche Körperstellen sie wie zu waschen hatte. Das genügte jedoch irgendwann nicht mehr, sodass »die Neue« zu Josie unter die Dusche stieg und von ihr verlangte, eingeseift zu werden. Zuerst mit einem Schwamm, später mit den bloßen Händen, und danach musste Josie dieselbe Prozedur über sich ergehen lassen.

»Das Ding ist, das war nichts Halbes und nichts Ganzes, voll schizo. Was ist denn schon dabei? Mit Mama war ich auch zusammen baden. Mama hat mich auch gewaschen. Trotzdem war das hier was anderes. DAS fühlte sich falsch an, aber WAS sollte ich machen?!« Als ich das hörte, dachte ich, ich würde genau verstehen, was sie meinte, aber ich verstand natürlich nichts, weil ich selbst nie etwas Vergleichbares erleiden musste, sodass ich es hätte nachfühlen können.

Obwohl es mir daher eigentlich auch nicht zustand, irgendwas zu bewerten oder in weniger bis ganz schlimm zu kategorisieren, gab es eine Sache, die ich als besonders perfide empfand. Da ging es erneut darum, dass Josie mit beschmutzter Kleidung nach Hause kam, in dem Fall mit einem Grasfleck auf der Strumpfhose. Sie war auch schon im Begriff, sich auszuziehen, direkt nachdem sie die Wohnung betreten hatte, als sie Geräusche aus dem Wohnzimmer vernahm. »Die Neue« hatte Gäste zu Besuch. Freundinnen, eine kannte sie vom Sehen, die andere nicht. Josie wollte kurz Hallo sagen, und um einen möglichen späteren Ärger vorzubeugen, machte sie selbst auf den Grasfleck aufmerksam und versprach, sich sofort zu waschen. Da wurde sie ausgebremst, denn »die Neue« forderte sie auf, sich vollständig zu entkleiden – im Wohnzimmer, vor allen. Josie tat dies nur widerwillig, weswegen sie zur Eile angemahnt wurde, und als sie splitterfasernackt den Blicken der Anwesenden ausgesetzt war, musste sie sich noch einige Male drehen.

An diesem Morgen nahm ich Josie das erste Mal mit zu mir. Wir schwiegen auf dem Weg dorthin und als wir ankamen, hatte sie sich auf die Couch gelegt und war sofort eingeschlafen. Sie hatte vorher auch nichts zu der Wohnung und meiner Einrichtung gesagt, was mir aber ganz recht gewesen ist. Ich dachte daran, wie froh ich darüber war, dass wir der Putzfrau tatsächlich nicht begegneten.

Dann holte ich eine Decke aus dem Schlafzimmer und breitete sie über Josie aus.

23

Es kam mit einem Mal. Alles brach über mich hinein. Ich musste mich übergeben, und kaum, dass ich fertig war und die Erleichterung verspürte, die damit einherging, hing ich wieder über der Toilette. Die darauffolgenden Tage überkamen mich unvermittelt Schweißausbrüche, ich hatte Albträume und immer wieder *erschien* mir Jessica Franzen. Bei einem Besichtigungstermin *begegneten* mir die Eigentümer mit aufgeschlitzten Kehlen, was eine vernünftige Kommunikation mit ihnen erheblich erschwerte. Dass ich ständig meine Augen zusammenkniff, um mich zu vergewissern, dass ihr Hälse beileibe unbeschadet waren, dürfte sicherlich befremdlich gewirkt und mich – aus ihrer Sicht – zu einem unseriösen Makler gemacht haben. Ich hörte jedenfalls nie wieder etwas von ihnen.

Schlimmer wurde es, als die Schwindelanfälle sich häuften und die Welt um mich herum dabei so sehr ins Wanken geriet, dass es nicht mal mehr half, sich hinzulegen. Einmal glaubte ich sogar ein Erdbeben zu spüren, und mehrfach wollte ich den Notarzt verständigen. Ich befürchtete jedoch, mich nicht erklären zu können. Nicht, dass ich annahm, man würde wegen der Schwindelgefühle automatisch darauf schließen, ich hätte jemanden umgebracht. Doch wenn man kränkelt, ist man vielleicht redseliger als sonst und verplappert sich. Ich hatte einfach auch keine alternative Erklärung für meine Zustände parat, sodass ich sie letztendlich aushielt, auch in dem Wissen, sie verschwinden ja irgendwie jedes Mal von allein.

»Gewöhn dich dran«, gab Josie mir zu verstehen. »Das wird nie aufhören. Du hast dein Trauma jetzt weg. Die Zustände kommen und gehen, und wenn du glaubst, du hättest was überwunden, dann knallt's erst recht.« Das waren keine schönen Aussichten. Ich wollte auch kein Trauma haben, aber ich hatte keine Zweifel daran, dass Josie wusste, wovon sie sprach. Und doch hoffte ich, dass es etwas geben würde, um dagegenzuhalten.

»Medi, Drogen, viel, viel Alkohol, oder – um auf Nummer sicher zu gehen – alles zusammen. So nen schönen Cocktail zum Wegbeamen, haha! Aber bringt eh nichts, irgendwann reißt es dich zurück in die Realität und der Scheiß fickt dich mal so richtig, und nicht auf die angenehme Art und Weise, haha!«

»Josie, bitte. Ich finde das nicht witzig.«

»Was stimmt denn mit dir nicht?! Denkste ich? Willste, dass ich dir irgendnen Scheiß erzähle? Denkste, wir hängen bisschen Einhorn-Tapete auf und schon ist es nicht mehr so schlimm? Und hast du vergessen, auf WAS das hier hinauslaufen wird? ICH hab mir den Scheiß nicht ausgesucht, ich …«

»Ich weiß, tut mir leid«, zeigte ich mich einsichtig. Es tat mir wirklich leid, schließlich waren meine Probleme eine Kleinigkeit gegenüber dem, was Josie in ihrem Leben alles durchgemacht hatte. Manchmal störte es mich einfach nur, dass sie alles ironisch verpackte, vor allem, wenn ich gerade mit mir selbst überfordert war. Aber eigentlich kannte ich es ja nicht anders von ihr, und sie meinte es nicht böse, das wusste ich auch.

Hätte es so etwas wie eine Selbsthilfegruppe für »Ersttäter« gegeben, wäre ich da bestimmt hingegangen. So unter Gleichgesinnten wäre es einfacher gewesen. Jeder erzählt von seinem »ersten Mal«, erklärt, was das mit einem gemacht hat und macht, und tauscht Tipps für den Umgang damit aus. Man bekommt einen Mentor zugeteilt, der bei der Alltagsbewältigung hilft und der erste Ansprechpartner in Notfällen aller Art wäre, Tag und Nacht erreichbar und so. Und alles bliebe vertraulich. So eine Gruppe konnte ich mir ehrlich gut vorstellen.

»Leg doch irgendwo ne Beichte ab«, schlug Josie vor. »Ernsthaft jetzt. Alles von der Seele quatschen, vielleicht hilfts, kein Plan. Geh halt nur nicht zu den Bullen.«

»Meinst du das ernst?« Ich konnte mein Erstaunen darüber, dass Josie sich einer Lösung meines Problems auf seriöse Weise anzunähern versuchte, nicht verbergen.

»Klar. Sorry, dass ich dich grad angegangen bin. Ich kenn die Zustände ja. Früher, als die Scheiße losging, bin ich nach der Schule manchmal auf nen Friedhof und hab mich bei irgendwem Fremden ans Grab gehockt. Den hab ich dann vollgelabert. Das Gute war, dass da immer wer da ist, der zuhört und nicht dazwischenquatscht, haha! Na ja, hat irgendwie geholfen, aber das verpufft. Bald war mir das selber zu schräg, erzählst halt eh immer dieselbe Story.« Ich fand das gar nicht so abwegig. Das könnte wirklich funktionieren, wenn auch, wie bei Josie, nur zu Anfang. Vielleicht wäre der Effekt sogar noch größer, würde man sich an das Grab einer vertrauten Person setzen. Meine Oma hatte mich des Öfteren auf den Friedhof zu Opa mitgenommen, was wirklich toll für mich war, weil ich dort die Gießkanne mit Wasser befüllen und tragen durfte. Das Gießen hat dann aber Oma allein gemacht. Dabei hat sie auch mit Opa gesprochen. Das war meist nichts Wichtiges. Sie hatte von ihrem Tag berichtet und davon, was sie gekocht hat oder welcher Nachbarin sie begegnet war und so. Ich glaubte ja nicht so richtig daran, dass Opa sie hören konnte, aber ich wollte ihr das nicht verraten. Irgendwann dachte ich sowieso anders darüber, aber außer jener von Opa, an den ich keine großen Erinnerungen hatte, gab es niemanden im engeren Familien- und Freundeskreis, dessen Grabstätte ich hätte besuchen können. Wobei natürlich erst mal nichts dagegen sprach, weil dies daran lag, dass alle noch lebendig waren.

»Hab dann auf Kuscheltiere umgestellt«, sagte Josie. »Hats bissl vereinfacht, da ich sie um mich herum hatte. Also auch mal abends oder in der Nacht kuscheln und reden konnte. Rasselpüppie war mein Liebling, meine kleine Prinzessin. Papa hat erzählt, dass die Hebamme sie mir in die Wiege legte. Du kannst auch in die Kirche gehen, Beichte Classic sozusagen.« Ich hatte zumindest noch meine Spielfiguren, das war eine Option. In die Kirche wollte ich nicht, das wäre mir falsch vorgekommen. Scheinheilig sogar, da ich der Kirche nie etwas abgewinnen konnte. Meine Mutter engagierte sich zwar in der Kirchengemeinde, aber das war eher halbherzig, als dass sie es aus Überzeugung tat. Warum hätte ich das also ernst nehmen sollen? Einmal bat sie mich – für eine Messe – einen Aufsatz zu schreiben. Darin sollte die eigene Verbindung zu Gott herausgestellt werden, sie hatte mir jedoch nicht gesagt, dass es verpflichtend war, sich wohlwollend zu äußern. Aber vielleicht hätte mir das auch selbst einfallen können. Bei der Messe haben verschiedene Kinder dann ihren Aufsatz vorgetragen. Dass ich ausgerechnet für den Schluss eingeteilt wurde, war der Stimmung nicht gerade zuträglich, wie sich zeigte. Ein Raunen ging durch die Reihen, als ich meinen Vortrag damit begann, anzumerken, dass ich nicht an Gott glaube. Ich erzählte zwar auch, dass ich es schön fände, wenn es andere könnten und einen Nutzen daraus zögen, besser gemacht hat es das aber nicht. Meine Mutter war stinksauer, es ärgerte sie wohl auch, dass sie sich den Aufsatz nicht vorher angeschaut hatte, und weil ich sie »vor der gesamten Gemeinde« so blamierte, drohte sie mir, mich »nie wieder« in die Kirche mitzunehmen. Nicht, dass es logisch gewesen wäre, aber sie dachte wirklich, sie würde mich damit bestrafen. Ich ließ sie einfach in der Annahme, war es ja schließlich auch so eine Sache, die mit Glauben zu tun hatte.

Aus dem Beichten wurde erst mal nichts, aber irgendwie war es schon hilfreich, nur darüber nachzudenken. Mir war aber auch klar, dass ich meine Befindlichkeiten zurückzustellen hatte. Da stand noch jemand auf der Liste.

»Die Endgegnerin.«

24

Als ich aufwachte, blickte ich auf Josie. Sie war fest in die Decke gemummt und schlief noch. Ich hatte mir Tee zubereitet, der vor mir auf dem Wohnzimmertisch stand. Da ich im Sessel eingeschlafen war, blieb er unangetastet. Wir hatten bereits Nachmittag. Ich setzte neues Teewasser auf, als Josie sich bemerkbar machte.

»Ich wünsche mein Frühstück ans Bett, mein Lieber«, rief sie von nebenan, um eine Minute später mit in der Küche zu stehen. »Nee, mach dir keine Umstände, bissl Müsli und nen Apfel, das passt. Ich spring kurz unter die Dusche. Haste vielleicht ein frisches Shirt für mich?« Sie lächelte verschmitzt, als hätte sie etwas Unanständiges gesagt. Zumindest war es ein bisschen kitschig, wie in einem Hollywood-Streifen, am Morgen *danach*, mit dem Unterschied, dass Josie und ich nicht miteinander geschlafen hatten. Ich gab ihr zwei Shirts zur Auswahl. Eines hatte einen »I LOVE NY«-Aufdruck, das andere schmückte eine Schneeeule.

»Ne Eule, echt jetzt? Hat wohl ne Verflossene hier vergessen, was?«

»Und das NY-Shirt?«

»Was ist damit?«

»Na, könnte das nicht auch einer Verflossenen gehören?!«

»Haha! Klar. Zwei Mädels, zwei Shirts, kein Problem. Muss dann nen neuer Fetisch sein. Höschen sind also aus der Mode?« Ich habe noch nie Unterwäsche von einer Partnerin erhalten – warum auch? Das wäre doch auch ziemlich unhygienisch. Ich klärte Josie darüber auf, dass ich beide Shirts selbst gekauft hatte, im vollen Bewusstsein und so, weil sie das anzweifelte. Ein Kerl würde sich – bei klarem Verstand – kein Shirt mit einer Schnee-eule darauf kaufen, meinte Josie, aber ich war eben so »ein Kerl.« Ich mochte Schneeeulen, und weil sie mich damit aufzuziehen versuchte, war es mir zu schade, ihr das Shirt zu überlassen. Ich warf ihr das NY-Shirt zu und sagte: »Entschieden.« Wir lachten beide darüber.

Josie schnitt einen Apfel in kleine Stücken und rührte sie unter das Müsli. Sie nahm drei Löffel.

»Hast du schon mal übers Sterben nachgedacht?« Wo kam das denn her? Ich kannte niemanden, der so sonderbare Themensprünge wagte. Ich verstand die Frage auch nicht.

»Im Sinne von? So im Allgemeinen oder auf das eigene Sterben bezogen?«

»Na ja, im Sinne von Selbstmord?«

»Hä?! Nein, natürlich nicht!«, erwiderte ich mit Nachdruck. »Sich mit dem Tod auseinandersetzen, weil wir alle irgendwann sterben müssen, okay. Aber über Selbstmord nachdenken, ist doch etwas komplett anderes.«

»Warum? Alle denken über dasselbe nach. Wann ist meine Zeit, was, wenn es passiert, was bleibt, wenn ich nicht mehr da bin, was kommt nach dem Tod? Und der einzige Unterschied liegt doch bloß darin, dass die einen solche Fragen wieder schnell verdrängen und sie dem Schicksal überlassen, während es die anderen in die eigenen Hände nehmen – wohlüberlegt und selbstbestimmt. Und ich garantiere dir, dass die, die eines Tages in nem Supermarkt an nem Infarkt dahinraffen oder von nem Scheißbus überfahren werden, null vorbereitet sind. Die anderen sind es. ICH bin es.« Ich war überrascht, in welcher Vehemenz Josie das vortrug, als sei es ihr wirklich ernst, als hätte sie sich intensiv Gedanken darüber gemacht. Aber konnte ich dem inhaltlich nicht einfach so folgen. Die meisten Menschen, die tatsächlich Suizid begehen, dachte ich, tun dies spontan, vielleicht aus einem Impuls heraus, und sie wären mental wohl gar nicht imstande, irgendetwas »vorzubereiten.«

»Von denen rede ich doch gar nicht«, sagte Josie. »Schau, wenn du weißt, dass du stirbst, also absehbar, weil krank und Heilung aussichtslos, was weiß ich. Du hast noch drei Monate, ein halbes Jahr, dann lässt sich das voll gut durchtakten, oder du beendest es bewusst früher, der Würde wegen, weil du dir deinen Verfall nicht von ner Scheißkrankheit aufdiktieren lassen willst. Glaubst du, Papa hat Spaß an seinen Zuständen? Selbst wenn er mal gute Tage hat, glücklich ausschaut, denkst du, der fühlt das? Ich sag dir, hätte er vor zwei Jahren gewusst, dass er so zu Grunde geht, Papa hätte übern Ausweg nachgedacht.«

»Verste…«

»Warte. Lass mich das mal zu Ende bringen. Warum sollte Selbstmord immer was Schlechtes sein? Es ist eine verlogene Scheiße. Die Gesellschaft schert sich einen Dreck, wie es dir geht, ob du in deinen eigenen vier Wänden verkümmerst oder irgendwie leidest. Aber wenn du aus nem Scheißfenster springst, DANN tun alle betroffen. Zur Beerdigung kommt trotzdem kein Schwein, weil sie alle soooo busy sind, zum Spinning müssen oder *Der Bachelor* läuft. Ich schwöre, es gibt gute Gründe, warum Menschen sich umbringen, verdammt gute Gründe.«

»Ich bestreite nicht, dass manche einer Art Aussichtslosigkeit ausgesetzt sind, aber oft ist das eine Momentaufnahme, und Selbstmordgedanken vielleicht nur ein Ausdruck von Unwissenheit, beispielsweise über alternative Möglichkeiten dieser Aussichtslosigkeit zu begegnen, mit professioneller Hilfe, Sport und so.«

»Ja, genau. Ein bisschen frische Luft, ein paar bunte Pillchen und was noch? Körbe flechten? Mensch, das ändert doch an den Gründen nichts.«

»Josie, ich finde es einfach nicht richtig, Suizid zu Romantisieren. Und generell, glaube ich, gibt es immer eine Alternative.« Selbstmord und die Vokabel »gut«, die gehören schlichtweg nicht zusammen. Und doch, das musste ich mir eingestehen, hatte Josie mehr Wahres gesagt, als mir lieb war.

Ich wusste doch selbst am besten, wen sie da beschrieb, als sie von den Vergessenen, Leidenden und Verkümmernden sprach. Im Heim waren sie in der Überzahl und ich konnte hautnah miterleben, wie sie dahinvegetierten, und ehrlicherweise hatte auch ich nichts dagegen unternommen. Viele hatten, soweit ihre Lebensläufe bekannt waren, ein erfülltes, bewegtes Leben, nur wollte niemand weiter Notiz davon nehmen oder dies in irgendeiner Weise würdigen. Stattdessen wurden sie wahlweise auf einen Nachttopf oder vor den Fernseher gesetzt und stundenlang sich selbst überlassen. Und wie oft hatten sich Schwestern beschwert, dass manche Bewohner zu lange beim Essen bräuchten, und das auch nur, weil sie selbst pünktlich in die Raucherpause wollten. Mir war nicht gut bei solchen Erinnerungen. Ich konnte seinerzeit auch beobachten, wie Familien und Freunde sich von Bewohnern distanzierten, wie Besuche, Anrufe und Briefe kontinuierlich weniger wurden. Wie Angehörige in

123

ausschweifenden Reden erklärten, dass sie wahnsinnig beschäftig seien und deshalb dann und dann nicht kommen könnten. Auch das war nah an dem, was Josie skizzierte.

Ich verstand sogar den Einwand mit der schweren Krankheit. In der Serie *Boston Legal* wusste eine Figur, aufgrund einer unheilbaren Erkrankung, auch um ihren zeitnah bevorstehenden Tod. Die Figur, gespielt von Michael J. Fox, ging damit positiv um und hatte vorher sogar seine eigene »Beerdigungsfeier« veranstaltet. Natürlich war das total makaber, aber ich sympathisierte mit der Idee und irgendwie stellte ich mir auch vor, es genauso zu machen, sollte ich einmal in eine ähnliche Situation geraten. Aber TV und Realität waren eben nicht dasselbe und eigentlich konnte ich mich ja glücklich schätzen, nicht krank zu sein.

Josie brachte zudem an, dass es auch grundsätzlich falsch sei, die Frage des Sterbens und Sterben-Wollens am Alter festzumachen. Als dürften junge Menschen nicht über Selbstmord nachdenken, weil sie »ihr Leben noch nicht gelebt« hätten. Mir wurde das Thema zu anstrengend.

»Ich glaube, wir verlieren uns hier gerade. Ich kann nicht mehr ganz folgen, sorry, die Nacht war kurz und so. Noch mal auf Anfang. Hast du denn schon mal über Selbstmord nachgedacht?« Josie stocherte in ihrem inzwischen aufgeweichten Müsli herum, als suche sie darin nach einer Antwort. Dann nahm sie zwei weitere Löffel.

»Jeden verdammten Scheißtag denke ich daran«, sagte sie.

»Aber du bist doch nicht etwa krank, oder?«

»Mensch! Ernsthaft?! Hast du mir zugehört? Boah, das regt mich echt auf. Ja, vielleicht bin ich gestört, krank, was weiß ich, aber WAS hab ich dir erzählt? WAS hab ich dir anvertraut,

WAS?! Klang das für dich vielleicht so, als hätte das mit ner beschissenen Krankheit zu tun? Nein! Ich hab *nur* gute Gründe. Aber ich brauch ne Pause, ich brauch ne Kippe. Hast du hier irgendwo Kippen?«

»Nein.« Ich unternahm einen Versuch der Entschuldigung. Nicht, weil ich ihr keine Zigaretten anbieten konnte, sondern wegen meiner offenbar dummen Frage, aber Josie winkte ab und verließ ohne weiteren Kommentar die Wohnung.

Zu meiner Überraschung saß sie keine fünf Minuten später wieder vor ihrer Müslischale. Ich musste ihr nicht öffnen, sie hatte nach dem Rausgehen die Wohnungstür nicht geschlossen.

»Ich rauche gar nicht, haha!«, sagte sie lachend.

Es war zu offensichtlich gewesen und ich kam mir wie ein Idiot vor, weil ich nicht früher geschalten hatte. Natürlich gab es einen Zusammenhang zwischen dem, was Josie mir die Tage zuvor alles erzählt hatte und ihren Selbstmordgedanken, und trotzdem fremdelte ich damit, es als eine Art logische Konsequenz zu erachten. Ich konnte dem immer noch nicht folgen, ich wollte auch nicht. Ich ertappte mich sogar bei dem Gedanken, wonach *das* doch kein Grund sein könne, es würde immer einen anderen Weg geben. Ich hatte jedoch nicht das Gefühl, als wäre Josie dahingehend viel an meiner Meinung gelegen gewesen, als hätte sie das Thema aufgemacht, um von mir über mögliche Alternativen unterrichtet zu werden. Ganz im Gegenteil: »Ich möchte meinem Leben selbst ein Ende setzen«, erklärte mir Josie im weiteren Verlauf unseres Gesprächs. »Das wird passieren, glaub mir. Die Frage ist nur, wann.« Ich fand das überhaupt nicht witzig. Eigentlich war ich sogar richtig verärgert darüber, so etwas unvermittelt an den Kopf geworfen zu bekommen. Das macht doch etwas mit einem, dass man es nicht so vortragen kann, als würde man ein Kochrezept oder die *NHL*-Ergebnisse aufsagen. Ich verstand auch nicht, was Josie damit bezweckte, mir das zu erzählen, zumal die Antwort auf die Frage nach meiner »Hilfe« weiter ausstehend war. Vielleicht war ich aber auch einfach zu unausgeschlafen, mental nicht so auf der Höhe, als dass ich alles direkt eins zu eins einordnen und verstehen konnte. Ich hätte ihr gerne gesagt, dass ihre Gedanken falsch seien, dass es immer etwas Lebensbejahendes gebe und so weiter, aber das wäre wohl ziemlich anmaßend gewesen, wo ich doch gar nicht wusste, wie *sie* fühlte. Und nach meiner scheinbar unsensiblen Frage, wollte ich nicht noch mal ins Fettnäpfchen treten und ihr neuerlich einen Grund geben, sich über mich aufzuregen. Also sagte ich gar nichts und hörte Josie weiter zu, insoweit es meine Konzentration zuließ.

»Ich bräuchte bitte nen Zettel und Stift.« Ich gab ihr einen Schreibblock und einen Kugelschreiber. Dann notierte sie etwas, was ich jedoch nicht erkennen konnte, und drehte den Block um. »Ich weiß, das muss dir alles voll schräg erscheinen, ich will dich auch nicht mit meiner Scheiße überladen, aber alles kommt, wie es kommen soll. Und das Schicksal hat uns halt wieder zusammengeführt. Es war nicht gelogen, dass ich dich das erste Mal in der Zeitung gesehen hab. Danach hab ich mich erst mal informiert über dich, gecheckt, mit wem du so abhängst, dich beobachtet halt. Wäre ja wohl voll bescheuert gewesen, bei dir aufzuschneien und dann hast du Frau und Kinder oder bist irgendein abgefuckter Freak, haha! Na ja, ich brauch nen loyalen Verbündeten. Du bist loyal. Also erklär ichs dir und du entscheidest, ob du mir helfen willst oder nicht. Ist gar nicht so schwer, haha! Das von vorhin, das ist kein Scheiß, echt nicht. Ich zieh das durch, aber ich werds nicht tun, solange Papa lebt. Das tue ich ihm nicht an. Außerdem muss ich vorher noch eine Sache erledigen. Da kämest du ins Spiel, weil du Sakic kennst …«

»Sekunde«, unterbrach ich Josie, »du meinst *den* Sakic? Den kennt doch jeder.«

»Haha! Netter Versuch. Aber nicht jeder macht Geschäfte mit ihm. Ich weiß Bescheid, mein Lieber.« Josie grinste selbstgefällig und fuhr fort: »Daher weiß ich doch, dass du loyal bist. Ich hab zwar eh nichts zu verlieren, aber muss ich mir auch keine Platte machen, dass du mich verpfeifst.« Gerne hätte ich erfahren, was sie genau über meine Verbindung zu Sakic wusste. Dass Josie ihn erwähnte, machte mich nervös. Eigentlich machte mich alles nervös. Dass sie mich beobachtet hatte und das mit der Loyalität so hervorhob, aber vor allem wartete ich darauf, dass sie mal zum Punkt kam. Worin würde das nur enden, fragte ich mich.

»Das wäre *die* eine Sache.« Sie schob den Block in meine Richtung. »Bevor du ihn umdrehst, fühl dich zu nichts verpflichtet, sag Nein und es wäre voll okay. Es ist ein derber Gefallen, um den ich dich anhau, ich weiß.«

Ich drehte den Block um, las Josies Notiz auf dem ersten Blatt und war kein bisschen schlauer als eine Minute zuvor. Darauf geschrieben stand: »1. E.B. 2. M.O. 3. J.F. 4 …«

»Was hat das zu bedeuten?«

»Das sind Namenskürzel.«

»Verstehe. Und weiter?«

»Ich möchte diese Menschen tot sehen. Das ist der Teil, wo ich deine Hilfe brauch – wegen Sakic. Der muss das absegnen.« Ich wippte mit dem rechten Bein auf und ab, meine skeptische Miene wandelte sich in ein breites Grinsen, bevor ich nicht mehr an mich halten konnte und so einen extremen Lachflash bekam, dass mir Tränen aus den Augen schossen.

»Herrlich, Josie, einfach herrlich. Zu geil, echt gut gespielt. Ich kann nicht mehr. Wie man sich so was ausdenken kann, wow. Ich möchte auch Menschen tot sehen. Ha. Die schreiben wir einfach mit auf die Liste. Ich könnte mich auch gerade TOT-lachen ...«

»EY!«, schrie Josie dazwischen. »Bist du behindert? Komm runter und lass den Scheiß!«

»Na was?!«, gab ich flapsig zurück.

»Es ist mir vollkommen ernst damit und du lachst mich aus. Was ist dein Scheißproblem?« Meistens kann ich doofe Situationen einigermaßen gut aushalten, manchmal bereiten sie mir Unbehagen oder machen mich unsicher, aber verspüre ich selten den Impuls, vor ihnen zu flüchten. Das war ja zumindest ein doofer Gesprächsverlauf, welcher sich aber auflösen hätte lassen, aber irgendwie hatte ich plötzlich meinerseits das Bedürfnis, aus der Wohnung zu verschwinden. Aber das hätte keinen wirklichen Effekt gehabt, schließlich war es ja meine eigene Wohnung. Und Josie einfach so zurückzulassen, dadurch hätte ich bestimmt wie ein schlechter Gastgeber ausgesehen. Erst mal musste ich also meinen Lachanfall unter Kontrolle kriegen, damit ich wieder imstande war, das Gespräch vernünftig fortzuführen.

»Das wird mir gerade echt zu viel, Josie. Es tut mir leid. Ich wollte dich nicht auslachen, aber das ist doch alles absurd. Natürlich denke ich da, dass du mich auf die Schippe nimmst, und so gesehen, wäre dir das gut gelungen.«

»Du denkst also, wenn ich dir von irgendwelchen Erniedrigungen erzähl, dann ist das ein Warm-up für ne Comedyshow?!«

»Nein, das ist schrecklich – die gesamte Kindheitsstory. Ich kann sie nur nicht greifen, es ist alles so surreal. Verstehst du, was ich meine? Du tauchst nach über fünfzehn Jahren hier auf, was ich richtig schön finde, ehrlich. Aber dann eben diese Sache mit deiner Kindheit, und mir tut es furchtbar leid, dass dir das passiert ist. Ich würde dir da auch wirklich gerne irgendwie helfen. Doch du redest von Selbstmord, und jetzt von Sakic und irgendeiner Todesliste. Was soll ich denn davon halten?« Ich wartete keine Antwort, keine weitere Reaktion von ihr ab, sondern schlug Josie stattdessen vor, dass wir erst einmal durchatmen. Sie rümpfte die Nase, erklärte sich aber einverstanden. Ich verschwand ins Schlafzimmer und legte mich aufs Bett, in der Hoffnung, wenigstens ein bisschen dösen zu können. Das funktionierte natürlich nicht. Ich starrte an die Decke und ließ das Gespräch Revue passieren und meine Eindrücke nachwirken. Ich wollte Josie wirklich nicht im Stich lassen. Gleichzeitig fühlte ich mich nicht nur überrumpelt, sondern irgendwo auch benutzt, da Josie mir vielleicht das Nein nur anbot, weil sie wusste, wie schwer ich mich generell damit tat, wirklich auch mal Nein zu sagen. Dann fiel mir aber auf, dass ich zu einer endgültigen Bewertung, einem möglichen besseren Verständnis der Ereignisse – und einer Entscheidung für den Umgang damit – nur gelangen könnte, wenn ich mir Josies Geschichte zu Ende anhören würde. Also sprang ich aus dem Bett und holte zwei Flaschen Wasser aus dem Kühlschrank, bevor ich mich Josie im Wohnzimmer wieder gegenübersetzte.

»Ein Wasser für dich und ein Wasser für mich«, betonte ich leicht überzogen, während ich die Flaschen wuchtig auf den Tisch platzierte. Für einen Sekundenbruchteil glaubte ich, ich könnte dadurch Entschlossenheit demonstrieren, ausdrücken, dass wir uns keinen Zentimeter vom Fleck rühren würden, bevor Josie nicht alles auserzählt hätte. Nur merkte ich selbst sofort, wie albern das eigentlich war.

»Erkläre es mir«, forderte ich Josie auf. »Alles! Soweit ich verstanden habe, sind deine Suizidgedanken durch das Kindheitstrauma ausgelöst worden. Aber warum soll hier irgendwer sterben? Dass ich dir überhaupt diese Frage stelle, dass wir über *so etwas* reden, das ist doch … keine Ahnung. Ich meine, wer sind diese Menschen? Was soll das mit Sakic und was habe ich damit zu tun?«

»Trauma ist ne Verniedlichung«, antwortete sie tonlos.

»Tut mir leid …«

»Ist schon okay. Die Neue hat regelmäßig Mädelsabende veranstaltet, mit Champagner, Austern, das volle Bonzenprogramm. Das waren zumeist die Neue und zwei Freundinnen. Manchmal war auch wer anderes dabei, da passierte aber nichts, und irgendwann tauchte immer öfter ein Typ mit auf. Ich hab nicht gecheckt, was der für ne Rolle hat, der war auch viel jünger. Der ist auch mal mit einem der Weiber nach nebenan verschwunden, was ich damals auch nicht kapiert hab. Na ja, der Typ war halt so ne Junkiefotze, der hat Drogen und Tabletten rangebracht und mit denen rumgefickt. Eines Tages zerrte mich die Neue aus dem Bett, voll zugedröhnt war die. Die hat mir den Schlafanzug runtergerissen und zack, stand ich nackt vor ihren betrunkenen und kreischenden Gästen. Irgendwer hat dann gemeint, dass ich das Geburtstagsgeschenk sei und alle haben gejohlt. Denkste, das hat wen gekümmert, dass ich heul und ne Scheißangst hatte? Die Neue hat mich schön festgehalten, damit ich ja nicht abhau, und unter lauten Anfeuerungsrufen hat der Typ seine Hose runtergezogen und … masturbiert. Bis zum Schluss. Das hat sich Woche für Woche wiederholt, als hätte die Drecksfotze jede Woche Geburtstag gehabt. Der hat mich dabei nie angefasst, aber manchmal hab ich sein Scheißsperma abgekriegt. Ist jetzt nicht soooo cool für ne Elfjährige. Und eines Morgens bin ich mit fürchterlichen Unterleibsschmerzen aufgewacht und mein Bettlaken war voller Blut. Das Letzte, was ich noch auf dem Schirm hatte, war, wie abends zuvor alle vier an meinem Bett standen und ich irgendne Medizin schlucken musste. Jaja, das waren immer *ganz besondere* Mädelsabende. Und Flaschendrehen wurde auch voll gern gespielt, in der Version, wo die mich betäuben, wo ich *weg* bin, aber trotzdem irgendwie alles mitkrieg. Schreien geht nicht, bewegen geht nicht und ich lieg breitbeinig auf nem Scheißtisch. Stumpf dringt das Gegröle zu mir durch, aber das reicht, dass ich es heut noch höre, wenn ich schlecht träum. Und die tagelangen Schmerzen waren ja wohl auch echt. Diese Fotzen. Die hatten ne Scheißkiste mit Sexspielzeug und welch Wunder, alle haben immer »Pflicht« gewählt. Den Rest kannste dir selbst ausmalen. Hör zu, ich bin keine Scheißverrückte und ich hab echt versucht, mit der Scheiße klarzukommen, aber ich krieg die nicht los. Ich steck fest und geisel mich, weil ich mich nicht gewehrt hab und verfluche, niemanden was gesagt zu haben. Papa ging nicht, wem also? Das spukt in Dauerschleife in meiner Birne rum. DAS ist kein Leben, egal, was wer fantasiert. Als ich volljährig war, wollte ich zu den Bullen. So ne Scheiße verjährt ja nicht, aber ich wusste gar nicht, was ich denen erzählen soll – ohne Beweise, ohne nichts. Und Papa hätte halt davon erfahren und wäre daran zerbrochen. Der hätte sich doch krass die Schuld gegeben. Dass ich mich rächen will, ist ja wohl nur verständlich. Das ist kein Gespinne, auch wenns zu spät kommt. Wer weiß, mit wem die das noch abgezogen haben. Aber verstehste jetzt die Liste und warum ich »gute Gründe« hab?«

Ich brachte keinen Laut hervor, und wenn ich beim letzten Mal – historischen Ausmaßes – geweint hatte, fehlte mir hier dazu die Kraft. Gleichzeitig wurde mir bewusst, wie unangebracht mein Lachanfall gewesen war. Ich schämte mich dafür und tat gut daran, weitere Kommentare oder Mutmaßungen zu unterlassen.

So nippte ich verlegen an meiner Wasserflasche und auch Josie blieb erst mal stumm. Wir blickten einander nicht an und es waren quälend lange zehn oder sogar fünfzehn Minuten, bis Josie die Stille durchbrach: »Kein Grund für Trübsal, haha! ... Sorry, es ist, wie es ist. Das Scheißschicksal, und wie gesagt, bevor ich abtrete, will ich das erledigen. Du weißt, ohne Sakic läuft da nichts und du hast halt Zugang zu ihm.«

»Hm.«

»Wenn die ne Connection zu ihm haben, wäre das voll beschissen, verstehst du?! Die könnten auf seiner Gehaltsliste stehen oder dem Kohle schulden.«

»Wer ist Nummer vier?«

»Die Neue! Die Endgegnerin sozusagen.«

»Du möchtest also, dass Sakic das erledigt?«

»Nein«, erwiderte Josie bestimmt. »ICH will das erledigen! Das Okay von Sakic vorausgesetzt und, na ja, sollte schon so laufen, dass es nicht auf mich fällt ...« Das war so ungefähr das Dümmste, was ich jemals gehört hatte und wäre das vorangegangene Gefühl der Scham nicht noch immer präsent gewesen, hätte ich das Josie auch verständlich gemacht, vielleicht sogar ins Gesicht gebrüllt. Ich war mir zudem ziemlich sicher, dass allein schon unser Gespräch irgendeinen Strafbestand erfüllte. Verabredung zu einem Verbrechen oder einer Verschwörung oder so.

Ich sagte: »Ich werde sehen, was ich machen kann.«

25

Erst wollte sie einen Bunsenbrenner einsetzen, dann schwebten ihr klassische Folterinstrumente vor. Die aus dem Mittelalter. Und zuletzt brachte sie einen Hundezwinger ins Spiel und erfreute sich an der Vorstellung, jemanden dort hineinzupressen. Ich war dagegen und glücklicherweise konnte ich Josie ihre Hirngespinste sehr schnell wieder austreiben. Warum auch plötzlich mit so etwas anfangen? Außerdem war ich schon »traumatisiert« genug, als dass ich dahingehend einen Verstärker gebraucht hätte. Jessica Franzen war weiterhin allgegenwärtig, wie es Josie vorhergesagt hatte, und ich führte innere Monologe, redete mir gut zu, um das auszuhalten. Aber ich hatte aufgehört, Josie davon zu erzählen. Ich wusste um den Umstand, dass sie meinen Verarbeitungsprozess nicht positiv beeinflussen konnte – trotz ihrer sicher gut gemeinten Ratschläge. Ich musste es mit mir selbst ausmachen, nur fragte ich mich, ob es einen Ausweg für mich gab, weg von den Gedanken und Bildern aufgeschlitzter Kehlen etwa.

Wie in irgendwelchen Filmen sollte es jedenfalls nie laufen. Das hatte Josie mir versprochen. Wo die Guten von den Bösen geschnappt werden – nach einer wilden Verfolgungsjagd, allerlei Krawall und Explosionen sowie dem massiven Einsatz von

Schusswaffen und so. Aber dann passiert das, was jedes Mal passiert: Es wird erst mal *geredet*. Also der Oberschurke hält dem Guten eine Waffe ins Gesicht und erklärt, dass dieser nun sterben würde. Als hätte dieser das nicht schon irgendwie erahnen können, nachdem, unmittelbar zuvor, fünfundzwanzig Minuten lang mit Maschinenpistolen und Panzerfäusten auf ihn geschossen wurde, er sich einiger Nahkämpfe erwehren musste und man mehrfach versuchte, ihn mit einem Auto zu überfahren. Wie dumm, denke ich da immer. Der Bösewicht listet dann, scheinbar plausible, Gründe für sein Vorgehen und offenbart nebenher in aller Breite seine Weltherrschaftspläne, was ihm – natürlich – zum Verhängnis wird, weil es der Gute nämlich derweil schafft, sich aus seiner Misere zu befreien.

So bitte nicht, erläuterte ich Josie. Nicht, dass wir es mit »Guten« zu tun hatten, aber wir wollten nun niemandem die Möglichkeit einräumen, sich »seiner Strafe« zu entziehen. Irgendwelche selbstgefälligen Reden voller Genugtuung oder als Machtdemonstration, gleichermaßen wie Folterspielchen, hätten alles verkompliziert und in die Länge gezogen. Das ohnehin vorhandene Risiko, erwischt zu werden, wäre dadurch nur größer geworden. Und was mich in dem Zusammenhang auch sorgte, war die Vorstellung, dass ein Opfer, was ja in Wahrheit auf keinen auf der Liste zutraf, um Gnade bittet, also weinend, winselnd, flehend und so. Das hätte mir bestimmt einiges abverlangt. Ob ich da hätte stark bleiben können, wo mir das mit Jessica Franzen schon so nah ging, ich wusste es wirklich nicht.

Sue Ann Summer. Nachdem ich erfuhr, was sie alles getan hatte, behielt ich natürlich für mich, dass ich ihren Namen eigentlich richtig schön fand. Und ich wäre ja nie auf die Idee gekommen, so einen wohlklingenden, lieblichen Namen mit jenen Grausamkeiten zusammenzubringen, denen er anhaftete.

Dass »die Neue« als »Endgegnerin« vorgesehen war, lag auf der Hand. Schließlich hatte sie maßgeblich all das Leid in Josies Leben gebracht. Jedoch war mir nicht ganz klar, wieso sich Josie ob des Namens so lange bedeckt hielt. Aber ich erinnerte mich an die Sache mit Melinda Owens, als ich diese mal »Melinda« nannte und Josie deswegen sehr ungehalten wurde, weil ich damit einer durch und durch bösartigen Person etwas »Menschliches« zusprach. Ähnliches vermutete ich hier. Dass Josie Sue Ann Summers Namen nicht aussprechen, mir nicht offenbaren wollte oder diesen schlichtweg nicht über ihre Lippen brachte, eben deshalb, weil es – aus ihrer Sicht – eine Form von Milde, ein Ausdruck von Respekt für »ein Monster« dargestellt hätte. Allein diese Mutmaßung genügte mir, selbst wenn Josie in Wirklichkeit andere Motive gehabt haben könnte. Ich respektierte ihre Haltung, ohne weiter nachzuhaken oder meine Annahme zu teilen.

Von Nachteil war jedoch, dass ich ob der Lebensweise und persönlichen Umstände von Sue Ann Summer keine konkreten Informationen hatte. Irgendwelche Recherchen und Vorbereitungen waren bei ihr nicht vorgesehen, ich brauchte sie auch nicht observieren oder so. Es war eine gänzlich andere Herangehensweise im Vergleich zu den drei vorangegangenen Fällen. So hatte ich den Namen tatsächlich erst zwei Tage vor »Durchführung« von Josie erfahren, im *Murphys*.

»Ich werd mal den Tennessee-Burger probieren«, sagte sie.

»Der muss neu sein, oder? Was ist so besonders an ihm und warum heißt er eigentlich Tennessee-Burger?«

»Kein Plan, stammt Murph aus Tennesse?«

»Weiß nicht.«

»Warte. Ich habs. Das Rind stammt von dort … und Murph auch. Alles ein und dasselbe, eine Sippe. Die waren garantiert mal irgendwie verwandt, haha!«

»Ach, Josie. Lass ihn, Murph ist korrekt.«

»Mensch! Ich hab ja nicht gesagt, dass ich ihn killen will, haha! Apropos, übermorgen.«

»Was?«

»Nummer vier. Sue Ann Summer.«

»Echt jetzt, übermorgen?! Ganz schön kurzfristig und braucht es nicht irgendwelche Vorkehrungen? Müssen wir nicht irgendetwas vorbereiten?«, flüsterte ich.

»Ja, da wirste den Termin für deine Maniküre wohl canceln müssen, haha! Und was flüsterst du? Checkt hier eh niemand, über was wir reden und den Plan hab ich. Bei der wirds kinderleicht, solange du dich vom Besteckkasten fernhältst, haha!«

»Josie!«

»Jaja, kein Grund hier schnippisch zu werden.«

»Werde ich doch gar nicht.«

»Egal, übermorgen steht. Irgendwann in der Früh, es ist ein Stück außerhalb. Wir können uns hier treffen oder wir bringen die Nacht im Büro zu und machen von dort aus los.«

»Ja, aber … wohin müssen wir denn und brauchen wir nicht auch …?« Mit Daumen und Zeigefinger imitierte ich eine Pistole.

»Wirst du schon sehen, vertrau mir, und wir brauchen mal rein gar nichts. Das wird ein Kinderspiel, ich versprechs.« Ein Grinsen huschte über Josies Gesicht. Ich konnte es nicht so recht glauben, aber zu keiner Zeit war ich schnippisch geworden.

Und ich war auch noch nie bei einer Maniküre.

26

Die Erleichterung stand Josie ins Gesicht geschrieben. Ich glaubte nicht, überhaupt eine Wahl gehabt zu haben, aber so oder so hätte ich mich wohl dazu entschlossen, ihr zu helfen. Nicht, dass ich wusste, wie, doch es nicht wenigstens zu versuchen, hätte ich einfach nicht übers Herz gebracht. Und dass ich Zugang zu Sakic hatte, das brauchte ich auch nicht abstreiten. Wenn er also der Schlüssel für Josies Pläne und deren Umsetzung war, würde alles zwangsläufig über mich führen. Das zumindest war mir schnell klar geworden.

Josie berichtete von weiteren Abenden, an denen Sie betrunken gemacht oder unter Drogen gesetzt wurde. Sie sprach von einer undefinierbaren Flüssigkeit, welche sie oft schlucken musste.

»Ich weiß halt nicht, was die immer mit mir angestellt haben, aber den Drecksgeschmack, den hab ich heut manchmal noch im Mund. Aber ganz ehrlich! Wenn du ständig Scheißschmerzen hast und es aus allen Öffnungen trieft, biste froh, nicht zu checken, warum. Wenn irgendwelche Scheißkugeln das Letzte sind, was du siehst, bevor du benebelt wegdriftest, was sollste da denken? Heute kapier ich, dass das Analkugeln waren, aber damals doch nicht. Will ich wissen, was die damit gemacht haben? Will ich mir vorstellen, wie die sich dran aufgegeilt und sich nebenbei gegenseitig gefickt haben? Diese Scheißfotzen ...« Es erstaunte und irritierte mich zugleich, Josies Wut und ihren Hass zu spüren, beides aber – über vereinzelte, kurze verbale Ausreißer hinaus – nicht so wahrzunehmen, wie es vielleicht erwartbar und nur allzu verständlich gewesen wäre. Sie wirkte keinesfalls unaufgeregt, aber jedes Mal, wenn ich annahm, gleich würde Josie richtig laut werden, alles hinausschreien und in irgendeiner Weise ausrasten, passierte nichts. Ich konnte es mir nicht erklären, aber irgendwie schien sie imstande, sich mit einer resignativen Grundstimmung und einem schwermütigen, melancholischen Tonfall in Rage zu reden. Natürlich stand das im Widerspruch, weswegen es mir Anlass zur Sorge gab. Vielleicht interpretierte ich das falsch, doch spiegelte sich für mich in Josies Vortragsweise exakt jene Selbstaufgabe wider, welche sie bereits – unmissverständlich – mit der Offenbarung ihres Sterbewunsches ausdrückte. Das machte mich sehr traurig.

Gleichzeitig fragte ich mich, wieso Josie noch mal ansetzte und weiter von ihren schrecklichen Erlebnissen erzählte. Mir hatten ihre Darstellungen gereicht. Nicht nur, weil die Schwemme an Einzelheiten, welche dabei hereinschwappte, teils meine Vorstellungskraft überstieg und mich überforderte, sondern, allem voran, weil ich nicht wollte, dass sie dies *nur* tat, um mich zu überzeugen oder so.

»Josie, du musst das nicht tun«, erklärte ich leise. »Ich habe den Eindruck, du hast Angst, ich könnte es mir anders überlegen. Das wird nicht passieren. Wenn du dich aussprechen möchtest, wenn dir das Reden hilft, dann bin ich für dich da, egal, wie lange es dauert. Aber du sollst das nicht für mich tun, es braucht keine Überzeugung mehr. Ich werde dir helfen.«

»Danke«, sagte Josie nach einem kurzen Zögern verlegen, als fühlte sie sich ertappt, als hätte mein Eindruck mich nicht getäuscht. Dann sprach sie weiter, noch eindringlicher, noch ruhiger, beinahe flüsternd: »Als ich 14 wurde, hörte es auf. Fast auf den Tag genau. Ich war denen wohl zu alt geworden. Aber was mir heute noch permanent durch den Kopf geht, ist, dass die echt ne Arschruhe hatten. Das musst du dir wirklich mal geben, dass die – ohne Scheiß – Backrezepte ausgetauscht haben, sich über Kunst unterhielten, Mode, was weiß ich … und im nächsten Moment lag deren Fokus … auf mir. Diese Scheißfassade bei der Neuen fiel, sobald Papa weg war. Die hatte das so verdammt gut drauf. Das war echt pervers. Und soll ich dir mal was verraten? Zwei Monate nach meinem 14. Geburtstag hat die Neue Papa verlassen – im Guten, wir durften sogar im Apartment bleiben. Tja, und irgendwann, ein paar Monate später, treffen wir die Neue im Park. Mir hats alles zusammengezogen, das war der Horror, der zu begegnen. Aber viel krasser war, dass die ihren neuen Typen an der Seite hatte und … dessen Tochter. Lass die acht gewesen sein, maximal neun. Ich wusste genau, was mit dem Mädchen passiert. Hätte ich das verhindern können? Weißt du, das ist ein Grund, wieso ich das nicht loskriege. Weil da Schreckliches geschieht, ich aber nichts machen kann. Mit der Zeit möchte man auch denken, dass das alles verheilt ist, aber das ist es nicht … und wird es nie. Ich will das auf Jahre nicht mehr erleiden müssen und ich will darüber auch nicht mehr verhandeln …«

Ich wusste nicht, warum es mir ausgerechnet in diesem Augenblick in den Sinn kam, womöglich passte es auch überhaupt nicht, aber erinnerte ich mich an ein Zitat, was bei meiner Mutter in der Küche hing. Da hingen so einige Kalendersprüche und Lebensweisheiten. Das Zitat, an das ich dachte, stammte von Marc

Aurel, einem Philosophen oder so. Sinngemäß lautete es, dass jemand, der sehr lange lebt, doch nur dasselbe verliert, wie jemand, der jung stirbt. Darin ging es um das Hier und Jetzt, und darum, dass man nur dessen beraubt werden könne. Ohne es genau erklären zu können, ergab das Zitat, was ich nie so richtig verstanden hatte, für mich plötzlich ebenso Sinn, wie ich auch Josies Suizidgedanken irgendwie noch besser nachvollziehen konnte.

Schließlich ließ ich mir von Josie aufzeigen, was sie sich genau vorstellte, wie die Dinge – ihrer Meinung nach – zu laufen hatten und was sie dabei konkret von mir erwartete. Danach hatte ich erst einmal keine weiteren Fragen mehr.

Mein nächster Weg führte mich zu Sakic.

27

Vor dem Büro parkte ein Van mit einem Pferdeanhänger. Wanda hatte mich darauf aufmerksam gemacht und ich ahnte, dass Josie nicht weit weg sein würde.

»Der gehört dir?!« Ich war vollkommen verwirrt.

»Klar«, erwiderte Josie mit einer Brise Überheblichkeit.

»Ich dachte, wir wollten das heute mit … du weißt schon … und du hast echt einen Führerschein?«

»Hab ich, sonst würde ich die Kiste nicht fahren, und ja, machen wir doch jetzt. Ich hab nur Kamel weggeschafft.« Mir gefiel das trotzdem nicht.

»Ist der nicht ein bisschen zu auffällig? Und was wird denn nun aus Kamel?«, wollte ich wissen. Josie erneuerte ihr Versprechen, wonach alles »ein Kinderspiel« werden würde und ich mich um nichts zu sorgen bräuchte. Kamel hätte sie auf einen Pferdehof geschafft, weil sie ihn aus seiner alten Umgebung herausnehmen musste. Über die Gründe schwieg sie sich aus. Sie fand auch keine Worte über ihren Abschied von ihm. Es wäre ihr sicher nicht recht gewesen, hätte ich da weiter nachgefragt, also tat ich es auch nicht.

Unsere beiden Handys verblieben im Büro. Vorsorglich führte ich wieder ein Prepaidhandy samt neuer SIM-Karte bei mir. Die Nummer des Notfallkontaktes kannte ich inzwischen auswendig. Josie wirkte angespannter als die anderen Male, auch wenn sie es zu kaschieren versuchte.

»Wer noch mal aufs Klo muss, dann jetzt, letzte Chance. Unterwegs wird nicht gehalten, haha!« Ich wusste ja immer noch nicht, wohin es überhaupt gehen sollte und tappte weiterhin vollkommen im Dunkeln, was Josies konkrete Pläne betraf. Und mit zunehmender Fahrtdauer verstärkte sich dieses Unbehagen. Zu allem Überfluss mischten sich auch wieder Gedanken an Jessica Franzen unter mein Kopfkino, weswegen ich so sehr hoffte, dass mir das nicht wieder passierte. Mag es mathematisch unwahrscheinlich bis unmöglich gewesen sein, unwohl war mir trotzdem.

»Zwei was«, sagte Josie. »Das mit Sakic muss alles geklärt werden, da darf nichts offen sein. Du musst das unbedingt erledigen.«

»Ich denke, es ist bereits erledigt. Da ist nichts offen, oder was meinst du?«

»Das Geld, die 19k?!«

»Darum habe ich mich schon gekümmert.«

»Gut.« An der nächsten Ampel stoppte Josie, nahm die Hände vom Lenkrad und drehte sich zu mir: »Ich kann das nicht, diese Gefühlsduselei. Ich will nicht so nen Quatsch, dass ich achtzehn Seiten über Gefühle schreibe oder immer erzählen muss, wies mir geht. Das bringt mir nichts.« Ich konnte nicht einschätzen, inwieweit sie das überhaupt probiert hatte. Die Ampel war zwischenzeitlich wieder auf grün gesprungen, weswegen sich die Autofahrer hinter uns – mittels Hupe – bemerkbar machten. Josie stellte die Frage in den Raum, ob sie dies auch noch täten, wenn sie ihnen in ihre »verdammten Scheißeier« treten würde. Dann setzte sie die Fahrt und ebenso ihre Gedanken fort:

»Das Ding ist, Papa hat nie ne große Sache aus seinen Empfindungen gemacht. Als Mama ging, hat er das so hingenommen. Kein Plan, hat das die Scheißkrankheit ausgelöst oder beschleunigt? Kann doch sein.« Ich besaß kein Fachwissen über so etwas, aber bei Demenz, Alzheimer und so, dachte ich, das kommt so oder so, oder ist schon da und bricht eben irgendwann aus. Also konnte ich mir nicht wirklich vorstellen, dass die Trennung von Josies Eltern die Krankheit hervorrief. Aber vielleicht lag ich damit auch falsch. Mir kam jedoch der Einfall, dass das Fremdgehen ihres Vaters, welches Josie einmal andeutete, vielleicht im Bewusstsein der Krankheit geschah. Hätte ja sein können, dass er noch mal alles *mitnehmen* wollte, was ging, bevor es ihm nicht mehr möglich war. Diesen Gedanken behielt ich aber für mich.

»Ich will glauben, Papa hat mich lieb gehabt, trotz Krankheit. Meinst du, das war so?« Es war wieder so ein außerordentlicher Zeitpunkt, aber bezeichnend für Josie. Mitten im Straßenverkehr, kurz bevor jemand seines Lebens beraubt werden sollte, noch mal ein so persönliches, tiefgreifendes Thema anzuschneiden.

»Ganz bestimmt, Josie, ganz bestimmt war das so«, sagte ich. »Eine Krankheit verhindert die Liebe nicht, auch wenn er sie dir irgendwann nicht mehr direkt zeigen konnte, weil er dazu nicht imstande war. Seine Liebe für dich macht das nicht nichtig und er wird auch deine Liebe gespürt haben, da bin ich mir sicher.« Ich konnte stolz darauf sein, dass mir so eine gute Antwort einfiel. Mir war, als hätte ich da etwas richtig Schlaues gesagt. Aber am meisten freute ich mich darüber, dass Josie zustimmend nickte und meine Worte ihr ein Lächeln abgewinnen konnten.

Wir passierten mehrere Vororte, bis sich uns nur noch Felder und Wälder umgaben. Es waren keine Häuser zu sehen, Beschilderungen fehlten, und irgendwann verließen wir die asphaltierte Straße und bogen auf einen Waldweg ab, dessen Ende eine Schranke markierte.

»Weiter zu Fuß«, sagte Josie entschlossen.

»Ich hoffe, du weißt, was wir hier tun?« Die gesamte Situation kam mir auf einmal unheimlich vor, die Bäume drumherum verstärkten den düsternen Eindruck. Vorsichtigen Schrittes folgte ich Josie, als ich zwischen den Bäumen, in gut einhundert Meter Entfernung, einen schwarzen SUV erblickte.

»Da müssen wir hin.« Sie deutete in Richtung des Wagens. »Pass auf, Folgendes: Dahinter ist ne Freifläche, bissl Wiese, da steht ein Trailer. Das gehört alles der. Der ganze Scheißwald gehört der, ist halt ewig in Familienbesitz. Dann kommt so ne Senke und unten ist ein Bach, wo die grad zu Gange ist. Die macht Sport, Yoga, meditiert da, was weiß ich. Wegen mir kann die auch Wildlachse fangen, scheiß drauf, gleich wird die safe nichts mehr machen, haha! Ich will, dass du oben bleibst, ich regel das allein …«

»Stop, Josie, langsam, was heißt das?! Ich verstehs echt nicht, möchtest du die in den Bach schubsen, oder wie? Und wenn die im Trailer hockt oder hier noch andere sind?«

»Jetzt werd mal nicht albern, mein Lieber. Die wird schon nicht nass, und hier ist auch niemand sonst.«

»Wie kannst du dir da sicher sein und die hört uns doch kommen?« Ich wurde zunehmend nervöser und vielleicht auch ein bisschen hysterisch. »Wir können hier nichts überblicken, und die ganzen Spuren, die wir hinterlassen. Das kann doch niemals gut gehen?!«

»Was stellst du denn alles für Fragen? Moderierst du heimlich ne Talkshow, oder was soll das? Mach doch mal nicht so nen Terz. Das ist voll das Hinterland hier und alles Privatgrundstück, keine Sau verirrt sich hierher. Guck dir den Trailer an, geh rein, der ist offen. Frag dich, bei dem, was du dort siehst, warum die sich keine Platte macht, dass das wer entdecken könnte. *Weil* hier halt niemand vorbeischneit, sonst hätte das ja wohl mal die Bullen auf den Plan gerufen, und das Ding steht seit vier Jahren hier. Das ist derer Scheißspieleparadies.« Zumindest wäre es schon extrem seltsam gewesen, dass jemand extra so weit nach draußen fuhr, nur um Sport zu treiben oder dergleichen. Sodann erschien auch mir das nicht logisch. Josie erklärte, dass sie bereits Jahre zuvor, noch bevor wir uns beide wiedersahen, Sue Ann Summer beobachtet hatte, und einmal sei sie ihr bis zum Waldrand gefolgt. Später kehrte Josie wiederholt dorthin zurück, um das Gebiet zu erkundschaften. Weswegen sie auch so genau sagen konnte, seit wann es den Trailer gab. Sie fand ebenso heraus, dass Sue Ann Summers Familie über Mittelsmänner nach und nach einzelne Waldflächen erworben hatte, bis ihnen eines Tages das gesamte Areal gehörte. Welcher Zweck sich dahinter verbarg, war nicht überliefert, und irgendwann gingen die Grundstücksrechte komplett an Sue Ann Summer über.

»Mehrfach hab ich die hier rumhampeln sehen, aber nie war wer dabei«, erzählte Josie außerdem. »Besser war das, irgendnen perversen Dreck nicht mitzukriegen. Kam so schon alles in mir hoch. Aber irgendwas ist hier gelaufen, definitiv.« Was mich jedoch verwunderte, also in beeindruckender Weise, war, dass es Josie offenbar des Öfteren gelang, Sue Ann Summer so nah zu sein, ohne ihrer dabei zweifelsohne aufkommenden Rachegelüste unvermittelt nachzugeben. Dafür brauchte es sicher viel Disziplin, dieser nicht den nächstbesten Stein an den Kopf zu schmeißen oder so. Das nahm ich zumindest an. Jedenfalls drängte Josie darauf, endlich »loszulegen.«

»Ja, aber wie wirst du es anstellen?«, fragte ich.

»Erst mal mit dem hier, der Rest ergibt sich, haha!« Dann holte sie einen Taser aus ihrer Jackentasche. Meine Sorgen linderte das nicht.

Ich näherte mich dem Trailer nur zögerlich, obwohl ich – Josie nach – nichts zu befürchten hatte. Die Tür stand tatsächlich offen und drinnen war auch niemand, doch die Nervosität legte sich nicht. Ich verkrampfte vielmehr und meine Bewegungen wurden zunehmend langsamer, als erwartete ich, dass doch irgendjemand hinter einem Schrank oder Vorhang hervorspringen und sich auf mich stürzen würde, was letztlich – natürlich – nicht passierte.

Der Trailer wirkte extrem geräumig und die Inneneinrichtung gleichermaßen hochmodern wie künstlerisch ansprechend, als hätte ein Designer da seine Hände im Spiel gehabt. Zudem war es außergewöhnlich sauber und das Inventar, soweit ersichtlich, akkurat platziert, wie in Szene gesetzt. Es gab eine Toilette sowie eine Duschkabine, eine Kochnische samt Kühlschrank und eine Art Vorratsschrank, also ein Regal mit Dosengemüse, Ravioli, Thunfisch und so. Dann nahm ich den hinteren Bereich in den Blick, welcher lediglich durch einen Vorhang abgetrennt wurde. Da dieser nur zur Hälfte zugezogen war, konnte ich das dahinter befindliche Bett einsehen. Wenn ich bis dahin nichts entdeckt hatte, was irgendwie verdächtig oder verwerflich gewesen wäre, dann, wusste ich, müsste sich dies im hinteren Teil verbergen.

Vorsichtig zog ich den Vorhang weiter auf, mein Herzklopfen überlagerte alle anderen Geräusche, als die Wände zum Vorschein traten: Peitschen, Schnüre, Lederriemen und Zangen – der Größe nach sortiert und, wie mit einem Lineal gezogen, nebeneinandergereiht. Darunter, auf einem kleinen Beistelltisch, lagen ein Skalpell und andere messerähnliche Gegenstände, welche ich nicht direkt identifizieren konnte, und von denen ich nicht wusste, für was man sie konkret einsetzte. Wenngleich ich das vielleicht auch gar nicht wissen wollte. In der Schublade des Tisches befanden sich Vibratoren und Dildos unterschiedlicher Größe, Liebeskugeln und zwei Tuben Gleitgel. Eigentlich hatte ich genug gesehen, aber war ich unfähig, den Trailer wieder zu verlassen. Ich verspürte den Drang, weiter zu suchen, ohne zu wissen, nach was genau, und – wie in Trance – inspizierte ich Zentimeter für Zentimeter.

Hinter dem Bett wurde ich schließlich fündig. Zwischen Bettrückseite und Wand klemmte ein schwarzes Buch. Ich hatte Mühe, es hervorzuholen, weil sich das Bett, fest in den Boden verankert, nicht verschieben ließ, und als ich es in der Hand hielt und die Aufschrift las, wurde mir richtig schwindelig.

»P O E S I E A L B U M.«

28

Wenn Sakic »Guten Morgen« sagte, hatte er so etwas wie eine Rede gehalten. Er kam stets mit wenigen Worten und Gesten aus, die man nicht missverstehen konnte.

Als ich den Namen das erste Mal hörte, glaubte ich, der Eishockeyspieler Joe Sakic, von dem ich sogar ein paar Sammelkarten besaß, sei gemeint. Es bedurfte einiger Lebensjahre, bis ich erkannte, dass unterschiedliche Menschen denselben Namen tragen durften, selbst wenn sie nicht verwandt oder sonst irgendwie miteinander verbandelt waren. Im Kindesalter dachte ich ja auch noch, dass mein Vater unendlich viele Freunde haben würde, weil er, wenn wir irgendwohin fuhren, häufig andere Autofahrer – mit einer kurzen Handbewegung – grüßte oder von ihnen gegrüßt wurde. Irgendwann kam ich dahinter, dass man das im Straßenverkehr wohl so handhabe, wenn einer dem anderen die Vorfahrt ließ. Das war mir schon ein bisschen unangenehm, hieß es doch auch, dass mein Vater einen viel kleineren Freundeskreis hatte, als ich angenommen hatte.

Sakic jedenfalls, nicht der Eishockeyspieler, der andere, stammte aus dem ehemaligen Jugoslawien. Der Ursprung seines Vermögens war nicht bekannt, doch irgendwann machte er in alles, womit sich Geld verdienen ließ. Er war da überhaupt nicht wählerisch und so vermutete ich, dass, wenn ich mir eine Packung Kaugummis kaufte, er sogar daran irgendwie mitverdiente. Jedoch interessierte das niemanden so richtig. Ob man Steuern an den Staat oder in Teilen an Sakic zahlen musste, machte nun ja wirklich keinen großen Unterschied. Manch einer war sogar der Meinung, dass die Stadt erst in »Sakics Händen« zu einem sicheren und lebenswerten Ort geworden sei. Darüber konnte man geteilter Meinung sein. Allem voran die Ecke um den Südbahnhof herum, war mein Eindruck, bot sich als Gegenargument dafür an. Außerdem war nie so wirklich klar, ob Sakic tatsächlich die gesamte Stadt oder »nur« einzelne Bezirke kontrollierte. In jedem Fall fiel seine Zuständigkeit in all jene Bereiche, in denen ich agierte, sei es privat oder geschäftlich.

Am liebsten waren ihm Drogen- und Waffengeschäfte, er interessierte sich aber ebenso für illegales Glücksspiel und den Handel mit Gemälden sowie Antiquitäten. Das Übliche sozusagen, und auch Auftragsmorden stand er aufgeschlossen gegenüber, insoweit sie – seiner Definition nach – ethisch vertretbar waren und seine Finanzen nicht beschnitten. Mit Prostitution wollte er hingegen nichts zu tun haben. Gewalt an Frauen und Kindern lehnte er ab. Es hieß, dass Rivalen und Möchtegern-Gangster ihn deswegen als »weich« bezeichneten und meinten, sich problemlos seiner Position ermächtigen zu können. In aller Regel nahmen diese Leute – unter Zuhilfenahme eines Strohhalms – sodann nur noch Flüssignahrung zu sich. Sakic hatte sie am Leben gelassen, damit sie die Umstände ihres jeweiligen Schicksalsschlages weitertragen konnten. Überhaupt galt er als jemand, der bestrebt darin war, die Menschen in Freiwilligkeit zu positiven Entscheidungen zu bewegen. Er würde dafür keinen unmittelbaren Zwang anwenden wollen. Und nur in absoluten Ausnahmefällen, wenn es wirklich nicht anders ging, flog mal jemand von einem Häuserdach oder wurde mit einem Fleischerhaken aufgespießt. Wenn man also die Regeln verstand und befolgte, hatte man nichts zu befürchten und es ließ sich gut mit Sakic auskommen.

Wäre da nur nicht die Sache mit seiner Paranoia gewesen.

Irgendwann einmal waren zwei Männer, *NFL*-Statur und so, in meinem Büro aufgetaucht. Sie verzichteten darauf, sich anzumelden und ignorierten Wanda. Sie kamen auch direkt zur Sache. »Mr Sakic will Sie sprechen«, sagte einer. Die persönliche Vorsprache diente nicht der Terminabstimmung. Ihrer Aufforderung folgend, änderte ich meine Tagespläne und ließ mich von ihnen ins Schwimmbad fahren. Das legendäre Schwimmbad. Sakics Hauptwohnsitz, und Begegnungsstätte für allerlei Geschäftlichkeiten und Vergnügungen.

Ein altehrwürdiges Hotel, Sinatra und Kennedy seien dort abgestiegen, geschlossen Anfang der Neunziger. Sakic hatte das Gebäude erworben. Die ersten beiden Etagen wurden stillgelegt, die dritte kernsaniert und mit einem Schwimmbecken ausgestattet. Die Räume der Etagen vier und fünf wurden modernisiert und dienten der privaten Nutzung. Das Schwimmbad wurde gemeinhin so genannt, weil niemand mehr als eben dieses zu Gesicht bekam. Nach Einzug, so besagten es Gerüchte, hatte Sakic das Gebäude nur ein einziges Mal verlassen – zur Beerdigung seiner Frau. Da er unter einem pathologischen Sicherheitsbedürfnis litt und zwanghaft glaubte, Opfer eines Anschlages zu werden, schottete er sich ab. Das Gebäude glich einer Festung und wartete mit abstrusen Sicherheitsvorkehrungen auf, wobei ich natürlich gut daran tat, diese Einschätzung für mich zu behalten.

Am Eingang zwei, im Foyer sechs Männer und unzählige Kameras, aber keine offen getragenen Waffen. Zwei weitere Männer hinter einem Tresen, acht bis zwölf Bildschirme überwachend. Am Fahrstuhl übergaben mich meine Abholer kommentarlos einem anderen Zwei-Mann-Gespann. Einer betätigte die dritte Taste von unten. Ich roch Chlor, noch bevor wir die dritte Etage erreicht hatten. Erinnerungen an die Schulzeit ploppten auf, die Sache mit dem Fünf-Meter-Turm und so, dass ich wirklich froh war, als wir stoppten und ich mich wieder auf die Umgebung einlassen musste. Fünf Schritte weiter, direkt gegenüber, eine Tür, bewacht von zwei Männern, dahinter ein Durchgangszimmer mit einem Metalldetektor, ähnlich der Geräte an Flughäfen. Die Lämpchen leuchteten grün. Das nächste Zimmer brachte einen noch intensiveren Chlorgeruch und eine Umkleidekabine hervor, so richtig mit Sitzbank und Spind. Auf einem Tisch lagen Handtücher und einzeln in Folie verpackte Badehosen. Ich war irritiert, aber begriff schnell. Erst wurde ich abgetastet, dann musste ich mich entkleiden und mir eine Badehose meiner Wahl überziehen. Sachen und Wertgegenstände schloss ich in den Spind, den Schlüssel band ich um mein Handgelenk. Ich fragte mich kurz, wie sie das wohl anstellten, wenn mehrere gleichzeitig »zu Besuch« kämen – müssten die sich dann den einen Spind teilen? An der letzten Tür haftete ein Aufkleber: »Waffen und Frauen müssen draußen bleiben!«

Ich kam mir außerordentlich dumm vor und wusste nicht, wie ich mich verhalten sollte, in meinem halbnackten Dasein. Ein Herr schwomm zwei Bahnen und schob dabei eine Schwimmnudel vor sich her, ehe er sich, nahe des Beckenendes, im Wasser aufrichtete und zu mir umdrehte. Die Wassertiefe betrug einen Meter und vierzig, wie einem Hinweisschild zu entnehmen war.

Ich wollte nicht starren, weswegen ich ihn nur flüchtig anschaute.

Sakic war von kräftiger Gestalt und hatte sich – für jemanden um die siebzig – echt gut gehalten. Und irgendwie hatte er etwas von John Wayne an sich. Ich stellte mir John Wayne mit Cowboyhut und einer Schwimmnudel vor, als ein Mann am Beckenrand sagte: »Mr Sakic bittet die Unannehmlichkeiten zu entschuldigen. Nur so lässt sich, im beidseitigen Interesse, die Sicherheit und Vertraulichkeit gewährleisten, welche einem solchen Treffen voranstehen muss. Mein Name ist Maxime Jauregui. Ich fungiere als Mr Sakics persönlicher Sekretär. Mr Sakic fragt an, ob Sie an einer langfristigen Kooperation interessiert wären. Mr Sakic gedenkt ihrem Unternehmen Investitionen in einem nicht unerheblichen Umfang zuzuführen. Wenn es Ihnen beliebt, könnten wir die Einzelheiten sogleich besprechen.« Dafür, dass »Mr Sakic« mal original gar nichts sagte, sagte er ziemlich viel. Und es war nicht überraschend, dass dessen Sekretär, den man um seinen marineblauen Maßanzug beneiden konnte, bereits einen unterschriftsreifen Investitionsplan in der Tasche hatte. Ich wollte meinen, dass die Sakic-Seite im Vorfeld schon sehr optimistisch, ob einer möglichen Zusammenarbeit, gewesen sein dürfte. Natürlich war ich nicht erpicht darauf, herauszufinden, wie sie auf ein Nein reagieren würden, also willigte ich ein. Dass die angedachten »Investitionen« diverse Gegenleistungen erforderlich machten, vornehmlich in Form der Übereignung von Immobilien, verstand sich ebenso von selbst wie, dass Sakic auf alle Zeit einen »Freundschaftsrabatt« für sich beanspruchte, sein Name in keinerlei Verträgen auftauchen durfte und sämtliche Finanztransaktionen in bar zu erfolgen hatten. Sakic beschäftigte Anwälte und Notare, welche sodann alles fein säuberlich in ein legal anmutendes Gewand stecken würden.

Am Ende dieser ersten Begegnung hatte ich also einen neuen »Freund« gewonnen, dem ich kurzerhand auf jedes einzelne Objekt meines Bestandes ein Vorkaufsrecht zuzubilligen hatte.

Wenigstens die Badehose durfte ich behalten.

Als ich in Josies Angelegenheit vorstellig wurde, empfing mich Maxime Jauregui bereits in der Umkleidekabine. Da mein Anliegen nur von informeller Natur war, wurde mir der persönliche Zugang zu Sakic diesmal verwehrt. Ich war aber nicht böse deswegen, konnte ich doch so meine Sachen anbehalten. Ich schilderte unser Vorhaben so ausführlich wie nur möglich. Die Hintergründe umriss ich. Sakics Sekretär nahm sie regungslos zur Kenntnis. Dann überreichte ich ihm einen Umschlag, der »die Liste« zum Inhalt hatte. Ich musste Josie versprechen, sie selbst nicht einzusehen, weil sie die Klarnamen führte und Nummer vier für mich erst mal weiter geheim bleiben sollte. Ich respektierte diesen Wunsch.

»Das sind die Namen«, sagte ich. »Also … wir hatten uns das so gedacht, also, ich meine, es liegt ganz bei Ihnen … natürlich. Wir wollten nur wissen, inwieweit das geht, verstehen Sie? Es wäre auch nicht für sofort …« Ich schätzte, dass ich in dem Moment kein gutes Bild abgab. Ich war einfach maximal unsicher, hatte ich schließlich noch nie irgendwo um Erlaubnis gebeten, jemanden umbringen zu dürfen.

Und außerdem, das war wirklich nicht zu unterschätzen, was, wenn einer auf der Liste, Sakic so nah stand, dass es plötzlich für Josie und mich gefährlich werden könnte – eine Cousine vielleicht, eine Geliebte oder so? Das bereitete mir schon Sorge.

»Sie gedenken, Mr Sakic diese Angelegenheit anzuvertrauen oder benötigten sie logistische Unterstützung?« Sein Ton klang, als hätte er nur gefragt, ob ich Zucker oder Milch für meinen Kaffee wünsche. Dann holte er einen kleinen Notizblock hervor und notierte sich etwas.

»Unterstützung«, erwiderte ich, ohne wirklich zu wissen, wie diese konkret aussehen könnte. Danach verschwand er hinter der letzten Tür. Das Warten war eine Qual. Eine Stunde lang von zwei Aufpassern angestarrt zu werden, machte es auch nicht einfacher.

Als Maxime Jauregui zurückgekehrt war, entschuldigte er sich für die Wartezeit. Er übergab mir eine Visitenkarte, worauf eine Telefonnummer abgedruckt war, und sagte: »Unter Würdigung der Gesamtumstände, erklärt sich Mr Sakic bereit, Ihrem Ersuchen zu entsprechen. Sobald Sie und Ihre Freundin beabsichtigen, Ihr Vorhaben in die Tat umzusetzen, melden Sie dies bitte an. Mr Sakic gibt zu Bedenken, dass dahinstehen kann, ob Sie seine Dienste sofort, in ferner Zukunft oder möglicherweise niemals in Anspruch nehmen werden, für die Bereitstellung der Nummer ist in jedem Fall eine Gebühr zu entrichten. Des Weiteren stellt Mr Sakic für Ihre Zwecke Kommunikationsmittel und letale Waffen bereit. Nach Absprache wird Ihnen dafür der Zugang zu Depots und Rückgabestellen gewährt, und auf Abruf steht Ihnen ein Reinigungsteam zur Verfügung. Alle Serviceleistungen sind über diese Nummer zu buchen und im Voraus zu bezahlen. Mr Sakic empfiehlt die Einrichtung eines Notfallkontaktes. Eine Beraterin am Telefon wird Ihnen dabei gerne behilflich sein.«

»Ja, also ... klingt doch gut, oder? Darf ich ... tut mir leid, darf ich was fragen, bitte? So richtig haben wir ja noch nichts geplant, verstehen Sie? Es geht erst mal nur um die Namen ...«

»Mr Sakic opfert seine Zeit und Ressourcen, ohne angemessene Vergütung vermag er in ihrer Sache nicht tätig zu werden.«

»Jaja, klar, das verstehe ich … natürlich. Ich wollte, also, ich meine, mit dieser Nummer hier und den Leistungen und so, ist das zeitlich begrenzt? Und wegen der Kosten, was, wenn wir das doch alleine stemmen? Die Bereitstellungsgebühr muss bezahlt werden, das ist klar, aber … so generell, wird das dann verrechnet, oder wie läuft das?«

»Mr Sakic pflegt seine Tätigkeitsfelder strikt voneinander zu trennen. Als Bereitstellungsgebühr werden zwanzig Prozent des zu erwartenden Gesamtauftragsvolumens veranschlagt. Und solange die Nummer aktiv ist, ist es das Angebot ebenso.«

»Gesamtauf…«

»Sechzig.«

»Tausend?«

»Tausend.«

»Wow! Also, vier Namen bedeutet viermal Handys, Waffen mit Rückgabeservice und dieses, ähm … Saubermachen, plus diesen … Notfallkontakt? Aber wenn wir das nur zweimal brauchen oder so, wird es günstiger?«

»Das ist korrekt«, bestätigte Maxime Jauregui. Er trug auch wieder so einen schnittigen Anzug, diesmal in taubengrau. Unter anderen Umständen hätte man sich mit ihm bestimmt auch gut über Mode unterhalten können. Jedenfalls verwies er noch darauf, dass jede Serviceleistung automatisch »Mr Sakics Loyalität inkludiert«, dessen müsse man sich bewusst sein. Ich fand es trotzdem ganz schön happig und war mir relativ sicher, dass manch Toter bei Sakic auch preiswerter zu haben war. Und weswegen man die Kosten nicht mit der Immobiliensache verrechnen konnte, war mir auch schleierhaft. Hatte dies doch zur Folge, dass mir einer von Sakics Leuten Geld ins Büro brachte, um Verwendungszweck A zu bedienen, und ich ihm umgehend mit selbigem wieder gehen ließ, damit ich meinen Beitrag zu Verwendungszweck B leisten konnte. Verbrechersein muss nicht mit Klugheit einhergehen, dachte ich, und an der Spitze einer kriminellen Vereinigung, ist es bestimmt stressig. Da ist man vielleicht auch mal durcheinander.

»Der letzte Punkt betrifft den Herren an Position eins, Mr Eric Barr. Für diesen würde eine Ablöse fällig.«

»Eine Ablöse?«, gab ich mich verwundert.

»Mr Barr leistet 300 monatlich an Mr Sakic. Dessen Tod schließt diese Einnahmequelle, weswegen Mr Sakic eine Kompensation als zwingend erforderlich erachtet.«

»Und wie hoch soll die sein, diese Kompensation?«, fragte ich, mir einen genervten Unterton verkneifend.

»Mr Barrs Jahresleistung plus Zinsen auf vier Jahre zu je zwölf Prozent. Das sind zusammen …«

»5665, aufgerundet.« Maxime Jauregui wirkte schon ein bisschen beeindruckt, insofern ich seinen Gesichtsausdruck richtig gedeutet hatte. Er glich die Summe mit jener auf seinem Notizblock ab und nickte zustimmend. Ich sah plötzlich auch keinen Grund mehr, die merkwürdige Preisgestaltung zu hinterfragen und hoffte, mit meiner kleinen Einlage, wenigstens etwas Souveränität zurückgewonnen zu haben, wo ich die ganze Zeit doch bestimmt furchtbar unbeholfen gewirkt haben muss. Letzteres würde er vielleicht sogar Mr Sakic erzählen, stellte ich mir vor.

Das war keine schöne Vorstellung.

29

Es fehlten die typischen Merkmale eines Poesiealbums – buntes Hardcover, eingeklebte Sticker, Fotos, selbstgemalte Bildchen, vorgedruckte Kategorien und so weiter. Stattdessen Bleistiftlinien auf weißem Grund, aber keinerlei Inhalt. Ich stieß einen Seufzer der Erleichterung aus. Ich wollte das Buch gerade wieder hinter das Bett klemmen, als mir ein Papierschnipsel, kaum größer als ein Kaugummistreifen, am Boden auffiel. Er hatte vorher noch nicht da gelegen, war ich mir sicher. Er musste aus dem Buch gefallen sein. Ich hob ihn auf: Zugangsdaten für eine *Cloud*, mit Benutzername und Passwort. Und schon war die Erleichterung wieder dahin.

Ich überlegte noch, ob ich den Zettel mitnehmen sollte, da hatte ich ihn bereits in meine Tasche gesteckt. Ich war mir jedoch nicht im Klaren darüber, ob ich wirklich in Erfahrung bringen sollte, was sich hinter den Zugangsdaten verbarg, und ob ich mich überhaupt tiefer mit der ganzen Sache auseinandersetzen wollte. Wenn ich mich später dagegen entscheiden würde, dachte ich aber, könnte ich den Zettel ja einfach wegschmeißen. Dann schaute ich mich weiter um, fand aber nichts – bis mein Blick noch mal auf den Vorratsschrank fiel. Die Dosen Mais kamen mir nur allzu bekannt vor, waren es doch jene Dosen, die meine Oma früher auch gekauft hatte. Daran konnte ich mich deswegen so gut erinnern, weil sich irgendwann einmal das Design des Logos und der Beschriftung veränderte, und mir meine Oma versichern musste, dass der Mais trotzdem derselbe war. Nun machte mich also stutzig, dass sechs Dosen im Trailer das circa zwanzig Jahre alte Design trugen. Ich griff nach einer und merkte sofort, dass diese leer war. Auch alle anderen stellten sich als Attrappen heraus, als kleine Geheimfächer. Die Böden ließen sich abschrauben und in zwei Dosen befanden sich Papierbündel, jeweils in Form einer ungeordneten Menge an Tankquittungen, Zahlungsanweisungen und Notizen. Häufig tauchte Sue Ann Summer namentlich auf, aber verschiedene handschriftliche Vermerke waren von einem »Robert« beziehungsweise »Bobby« unterzeichnet und zusätzlich mit einem kleinen Herzchen versehen.

Ich dachte mir nichts weiter dabei.

Aus dem Nichts glaubte ich, Schreie gehört zu haben.

Reflexartig steckte ich beide Bündel ein, verschloss die Dosen und legte sie zurück ins Regal, ohne mich an die ursprüngliche Anordnung zu halten. Dann rannte ich aus dem Trailer und den Abhang hinunter, welcher zum Bach führte. Von weitem sah ich einen Körper am Boden, und Josie, mit dem Taser, darübergebeugt.

»Josie«, rief ich, »Josie!« Aber erst als ich direkt hinter ihr stand, nahm sie Notiz von mir. Der kurze Sprint brachte mich ziemlich außer Atem, dass ich mich einen kurzen Moment lang darüber ärgerte, in der Schule seinerzeit nicht der Laufgruppe beigetreten zu sein. Derweil hatte Josie den Taser aktiviert und gegen Sue Ann Summers Bauchdecke gedrückt.

»Was soll das?!«

»Nummer vier lebt, haha!«, erwiderte Josie feixend. »Schau mal, wie schön die zappelt, ... wie ein Fisch auf Landgang, haha!« Dann hielt sie den Taser an den Hals. Ich drehte mich weg, doch das Knistern der kleinen Elektroschocks war nicht zu überhören.

»Pause«, sagte Josie mit einem Mal. Im Augenwinkel sah ich, wie sie sich aufrichtete und zu mir drehte. Ich schaute sie irritiert an, bevor ich die Frau am Boden musterte. Die Augen geschlossen, aber das Vibrieren des Körpers zeugte von Leben.

»Das ist Sue Ann Summer?«, fragte ich staunend. Ich hatte sie noch nie zuvor gesehen und mir komplett anders vorgestellt. Sie war so zierlich, dass ich nicht glauben konnte, dass *sie* für die Gräueltaten an Josie hauptverantwortlich war. Wenn Josie von ihr erzählte, stellte ich mir immer eine groß gewachsene, stemmige Frau vor, welche Strenge, Macht und Dominanz über einen kräftigen Körperbau transportierte. Dabei hätte sie – nur von der Statur her – gut und gerne als Kind durchgehen können.

»Nee, das ist bloß ne Waldarbeiterin – in Leggings und Sport-BH, wie man das hier halt so trägt. Mensch! Du bist manchmal lustig, wirklich, aber schau mal, was die für gemachte Titten hat – voll hässlich, bis ans Kinn gepresst. Das mag doch keiner, oder gefällt dir das?«

»Was?!«

»Na, so was! Silikontitten?«

»Nein, nein! Natürlich nicht«, schoss es aus mir heraus. Vielleicht war es etwas auffällig, dass ich so schnell antwortete. Ich sagte das nämlich nur, weil ich Josie nicht widersprechen und aus dem Thema keine große Sache machen wollte. In Wahrheit hatte ich keine Meinung dazu, da ich mir darüber noch nie richtig Gedanken machen musste. Soweit ich das beurteilen konnte, waren alle Brüste, welche ich je berühren durfte, echt, und ich war keineswegs unglücklich deswegen.

Sue Ann Summers Kopf fiel zur Seite, die Augenpartie war feucht. Ihr Mund bewegte sich, Speichel floss heraus, aber nur ein Röcheln war zu vernehmen. Josie hockte sich hin und tätschelte Sue Ann Summer im Gesicht herum, doch diese reagierte nicht. Ich bezweifelte, dass sie überhaupt noch bei sich war.

»Na, jetzt ist nicht mehr so witzig, was? Und niemand, der dir helfen kann! Wo sind denn deine Fotzen von Freunden, hä?!« Dann schlug sie ihr mit der flachen Hand ins Gesicht. »Halloooo?! Ich rede mit dir! Mach bloß nicht schlapp. Das Beste kommt erst noch, haha! ... Man sollte alle deine Öffnungen mit Scheißästen vollstopfen, aber das würde dir Vieh doch gefallen, nicht wahr?! Nee, nee, das lassen wir mal.« Josie richtete noch das ein oder andere Wort der Verachtung an Sue Ann Summer und bedachte sie mit Fäkalsprech und Gewaltausdrücken. Ich ließ sie gewähren, obwohl sie damit eindeutig gegen unsere Absprache verstieß, und Sue Ann Summer musste es über sich ergehen lassen, weil die Elektroschläge sie betäubt hatten und jede Form des Widerstands sowieso ins Leere gelaufen wäre. Vereinzelt blinzelte sie, ihre Arme und Beine zuckten noch immer unregelmäßig, als hätte sie einen epileptischen Anfall oder so, und wäre sie fähig gewesen, die Situation zu erfassen und die richtige Schlussfolgerung daraus zu ziehen, hätte sie garantiert einen schnellen Tod – selbstbestimmt und in Dankbarkeit – gewählt. Doch hätte das Josie ganz sicher nicht davon abgehalten, das umzusetzen, was ihr von Anfang an vorschwebte.

Der Öltank befand sich direkt neben dem Trailer, in die Erde eingebettet. Gemeinsam bugsierten wir Sue Ann Summer nach oben – Josie an den Beinen, ich an den Armen. Das erinnerte mich daran, dass Josie ja mehrfach betonte, wie »kinderleicht«

alles werden würde. Sue Ann Summer gab ein leises Stöhnen von sich, aus Erschöpfung, nahm ich an. Rotz lief aus ihrer Nase und Speichel die Wangen hinab. Mir war es weiterhin ein Rätsel, wieso sie ein Sportoutfit trug, während Josie auf eine Feuerstelle aufmerksam machte und offenbarte, dass sie mal damit liebäugelte, Sue Ann Summer zu verbrennen. Doch die unkalkulierbare Brennzeit und die dabei möglicherweise freigesetzten Gerüche, hätten sie von dieser Idee abgebracht.

»Na ja, hätte ich Bock gehabt, vorzuarbeiten, hätte ich vorher natürlich mit ner Axt so lustige Briketts aus ihrem Scheißkörper hacken können, haha! Wäre voll zackig erledigt gewesen, so wenig wie an der dran ist.« Ich schüttelte nur mit dem Kopf und war irgendwie froh, als wir am Öltank angelangt waren und Sue Ann Summer ablegten.

Die Luke war anderthalb mal anderthalb Meter groß und mit einem Riegel samt Zahlenschloss gesichert. Bevor Josie Sue Ann Summers untere Körperhälfte über die Einstiegskante legte, versicherte sie sich ihrer Lebendigkeit. Sie atmete schwerfällig und in langen Zügen, und die Finger ihrer rechten Hand bewegten sich wie in Zeitlupe. Es schien ein letzter Versuch der Gegenwehr, ein letzter Versuch des Aufbäumens zu sein.

»Alles Gute«, sagte Josie und hievte den Rest des Körpers über die Kante. Da der Tank zu drei Viertel befüllt war, fiel Sue Ann Summer nicht tief, sondern gleitete vielmehr ins Öl hinein. Nachdem Josie die Luke geschlossen und wieder verriegelt hatte, verblieb ich noch eine Weile an Ort und Stelle. Während der gesamten Durchführung hatte ich keinerlei Einwände erhoben. Ich ließ alles geschehen, obwohl ich mich fragte, ob die Sache hier vielleicht aus dem Ruder gelaufen war, wegen der Brutalität – weil da jemand lebendig begraben wurde. Nur fand ich keine Antwort darauf, und doch wünschte ich mir wohl insgeheim, dass es für Sue Ann Summer schnell vorbei sein würde. Andererseits war auch nicht zu befürchten, dass sie noch lange am Leben bleiben würde oder plötzlich gegen die Luke klopfte oder so.

Auf der Rückfahrt schaltete Josie das Radio ein und als sie *Gimme some lovin'* spielten, sang sie lauthals und vergnügt mit. Ich schaute ihr sogar gerne dabei zu, und es bewegte mich sehr, weil sie zwar – altbekannt – überdreht und aufgesetzt wirkte, es dieses Mal aber definitiv nicht war. Das konnte ich irgendwie spüren, und es schien einer der wenigen Momente, wo sie tatsächlich sie selbst sein konnte – und wollte. Ein seltener Augenblick der Unbeschwertheit – drei Minuten lang.

»Und, haste was entdeckt?«, fragte Josie. Ich wurde direkt wieder nervös und tastete unauffällig meine Sachen ab, um mich zu vergewissern, dass die Papierbündel nicht verloren gegangen waren.

»Nein«, log ich.

»Wie, nein? Der Sexscheiß, die Toys ...«

»Ach ja, klar, das ... natürlich.« Da fiel mir ein, dass Josie erwähnt hatte, im Trailer befände sich irgendetwas, was die Polizei »auf den Plan« gerufen hätte. Keine Ahnung, was das sein sollte, aber vielleicht hatte ich ja doch nicht richtig geschaut und etwas übersehen. Josie hakte jedoch nicht nach und auch die Konservendosen kamen nicht zur Sprache. Ich glaubte nicht, dass Josie von etwas wusste, also von den Geheimverstecken und so, oder von dem Poesiealbum, aber sah ich auch keinen zwingenden Grund, ihr davon zu erzählen. Nun erklang Judy Garlands *When you're smiling* – Josie lächelte demonstrativ und drehte das Radio

auf. Dieses temporäre Glück wurde durch den Umstand getra-
gen, dass Sue Ann Summer bereits vergessen schien und das
Morden nun ein Ende gefunden hatte, und doch war da auch
noch etwas anderes, was sich unterschwellig hervortat, etwas,
was ich so noch nie vernommen hatte – etwas Fauliges.

30

In der Schule war Englisch das Fach, welches ich am meisten hasste. Ich war richtig schlecht, wenn nicht sogar der schlechteste Schüler des gesamten Jahrgangs, obwohl ich mir – und noch viel weniger meinen Eltern – erklären konnte, woran das lag. Jedenfalls waren mündliche Vorträge der größte Horror. Keine Ahnung, warum, aber für mich war das auch immer etwas anderes, als zum Beispiel einen Aufsatz in der Kirche vorzutragen. Schon am Tag zuvor überkamen mich Panikattacken und stets hoffte ich vergebens, dass entweder die Lehrerin krank werden oder ich mir rechtzeitig irgendetwas einfangen würde. Im Winter setzte ich mich manchmal sogar extra mit nassen Haaren ans offene Fenster meines Kinderzimmers. Und nachdem ich die Vorträge irgendwie durchgebracht hatte, ich tierisch erleichtert darüber war und man meinen konnte, dass ja dann doch alles gar nicht so schlimm gewesen sei, wurde es noch viel dramatischer. Denn ich bekam die Vorstellung nicht los, dass die anderen sich über mich lustig machten. Dass sie sich während des Vortrags nur zurückhielten, um Ärger mit der Lehrerin zu vermeiden, aber danach meine Versprecher und grammatikalischen Ungenauigkeiten zum Anlass nahmen, mich mit Hohn und Spott zu übergießen. Ob es sich tatsächlich so zutrug, wusste ich natürlich nicht, aber sich das allein nur vorzustellen, war ausreichend, dass ich mich mies fühlte. Und so ähnlich erging es mir auch, als ich das Schwimmbad verlassen hatte. Maxime Jauregui wird Sakic sicherlich von meinem zerstreuten Auftritt unterrichtet haben, und wahrscheinlich lästerten sie deswegen über mich. Bestimmt dachten sie sich, dass jemand, der so unsicher und stotternd daherkam, niemals, wenn auch gemeinschaftlich, vier Morde planen und in die Tat umsetzen könne, und es ist ja nun niemals etwas Schönes, für unfähig oder einen Trottel gehalten zu werden oder so. Ich hoffte einfach, dass ihnen alles dann doch irgendwie egal war, weil sie ja Vorkasse nahmen und es sie nicht kümmern musste, was danach geschah. Sakics Dienstleistungen waren schließlich nicht an eine Erfolgsgarantie gekoppelt, und auch nicht daran, dass uns jemand aus dem Gefängnis würde befreien müssen, würden wir denn etwas vermasseln.

Josie interessierte das erst einmal auch nur unwesentlich. Sie war vielmehr froh darüber, dass es von Sakics Seite keine Einwände gegeben hatte, und so fragte sie auch keine Einzelheiten ab. Wegen des Geldes wurden wir uns schnell einig. Sie hatte zehntausend beiseitegelegt. Wie ihr dies möglich war, entzog sich jedoch meiner Kenntnis – »hier und da« hätte sie gejobbt, wie mir Josie einmal erklärte, »um über die Runden zu kommen«, aber während unserer »gemeinsamen« Zeit war mir nie aufgefallen, dass sie auf irgendeine Art berufstätig gewesen wäre. Jedenfalls erklärte ich mich bereit, den überschüssigen Betrag zu übernehmen, welcher sich, zugegeben, nicht klar definieren ließ. Achttausend sofort und eventuell noch mal das sechsfache dessen im Verlauf unserer »Operation.« Mir machte es nichts aus. Ich hielt Geld irgendwann für keine große Sache mehr, weil ich nicht glaubte, alles, was ich besaß, ausgeben zu können, bevor ich sterbe. Ich wusste, dass ich in dieser Hinsicht privilegiert war. Nicht, dass ich jemals unfassbar reich gewesen wäre, mir fiel einfach oft nur nichts ein, was ich mir hätte kaufen beziehungsweise gönnen sollen, und Shopping ging für mich stets mit Überforderung einher, als dass es mir über Gebühr Freude bereitete. Das wohl Dekadenteste, was ich mir jemals leistete, waren ein Schal sowie ein Cardigan aus Alpakawolle. Und einmal habe ich Tickets für den *Stanley Cup* gekauft, auf dem Schwarzmarkt, für dreitausend die Karte. Meine Mutter meinte oft, dass die »finanzielle Unabhängigkeit« über allem stünde, doch hatte sie mir nie gesagt, was man denn tut, wenn man ebenjene erreicht hat.

So gesehen war Sakic vielleicht auch ein »Trottel«, weil er sicher viel mehr Geld aus mir hätte herausholen können.

Dann passierte zwei Jahre lang nichts Gravierendes.

Wir wurden ein fester Bestandteil im Leben des jeweils anderen. Und manchmal war da tatsächlich dieses Gemeinschaftsgefühl aus Kindheitstagen, mit den vielen Emotionen, nur, dass wir keine Höhlen mehr bauten, sondern in aller Regelmäßigkeit im *Murphys* versackten. Ich stellte Josie auch einige meiner Freunde vor. Sie begleitete mich zu den *Blackhawks*, weniger der Spiele wegen, sondern vornehmlich aus Gründen der Unterhaltung. Sie mochte die Atmosphäre und das ganze Drumherum. »Wir finden schon das richtige Maß zwischen Kultur und Unterhaltung, haha!«, wurde zu Josies Lieblingssatz, wann immer wir uns verabredeten und überlegten, was wir unternehmen sollten. Und egal, was wir taten, ich hatte es nie als bloße Ablenkung verstanden, nie bewusst als Form der Überbrückung wahrgenommen, doch war es eben genau das. Denn letztendlich taten wir in erster Linie eines.

Wir warteten.

Die Beerdigung war an einem Donnerstag.

Ich war noch nie auf einer Beerdigung und Josie stellte es mir frei, daran teilzunehmen. Die Entscheidung fiel mir schwer, da ich aber keine besondere Bindung zu ihrem Vater hatte, blieb ich ihr fern. Ich hätte mich wohl nur fehl am Platz gefühlt, auch deswegen, weil Josie mir von den Aufzeichnungen erzählte, die sie zusammengetragen hatte – Notizen, Erinnerungsfetzen, Anekdoten, welche sie dort auch vortragen wollte. Es konnte nichts Intimeres geben, dachte ich, weswegen ich meine Anwesenheit unter Umständen selbst als störend empfunden hätte. Vielleicht hätte mir das aber auch nichts ausmachen müssen, weil man auf einer Beerdigung nur selten alleine ist, auf einen Gast mehr oder weniger käme es da vermutlich wirklich nicht an. Trotzdem wollte ich glauben, Josie damit etwas Gutes getan zu haben.

Ich begleitete sie bis zur Friedhofskapelle. Das Heim hatte sich um die Beerdigungszeremonie gekümmert – einen Kranz organisiert, einen Fotoaufsteller, und das Portraitbild ihres Vaters mit einem schwarzen Band versehen. Nach der Beisetzung wurde Kaffee und Kuchen gereicht. Der Kuchen war ein bisschen trocken, berichtete Josie. Aber niemand der Trauergemeinde – entfernte Verwandte wie einzelne Bewohner und Personal des Heimes – nahm Anstoß daran. Und in der Tat hatte sie auch Gelegenheit, mit ihrem Vater *ungestört* zu sein.

Mehr erzählte sie nicht darüber.

Ich hatte irgendwie angenommen, die Beerdigung würde Spuren hinterlassen, die Ordnung des Lebens, mindestens aber des Alltages, durcheinanderbringen. Als wir uns am nächsten Tag sahen, war ich also darauf eingestellt, Josie unmittelbar beistehen zu müssen, ihrem Schmerz mit entgegenzutreten, und darüber hinaus womöglich einen langfristigen Prozess der Heilung zu begleiten. Doch wollte sie keine Zeit darauf verschwenden, den Tod ihres Vaters nachwirken zu lassen.

»Dann kanns ja wohl jetzt losgehen«, krakehlte sie stattdessen und klatschte in die Hände, als würde sie freudig einen Spieleabend anmoderieren. Und plötzlich waren wir damit beschäftig, *konkret* zu werden – Pläne zu schmieden, To-do-Listen zu erstellen und Aufgaben untereinander aufzuteilen. Ich hätte Josie gerne gebeten, langsam zu machen und doch noch einmal darüber zu schlafen. Aber hatte ich dies auch vorher schon des Öfteren getan. Dann erntete ich stets Blicke voller Empörung, welche mit jedem weiteren Mal nur noch eindringlicher wurden, als wollte sie mir insgeheim drohen. Als wollte sie sagen: *Mach bloß so weiter, Freundchen! Mach bloß so weiter ...* oder so. Demnach war es wirklich besser, weitere Versuche dahingehend zu unterlassen.

Nun, Zeitpläne entwerfen, Kalkulationen und so, das konnte ich jedenfalls. Das unterschied sich ja nun auch nicht groß von meinem Alltagsgeschäft mit Immobilien. Wir kamen also gut voran, und irgendwann holten wir Sakic mit ins Boot – zwecks der »Anmeldung«, der zeitlichen Abläufe und Konditionen. Die Dame am anderen Ende der Leitung war sehr nett und durchweg hilfsbereit.

Es war nicht schwer, Eric Barr aufzuspüren. Josie hatte mir Fotos gezeigt, und ihn anzusprechen, das machte mir auch nichts aus. Eigentlich. Ich drehte einige Runden um den Block, weil ich dann doch etwas aufgeregt war. Es fühlte sich nämlich ein bisschen so an, als ginge ich auf ein Date. Schließlich fing ich Eric Barr vor der Unterführung einer U-Bahn-Station ab. Er reagierte so, als sei er es gewohnt, abgefangen zu werden. Ich sagte, dass eine Freundin und ich »bisschen was zum Partymachen« bräuchten. Umgehend friemelte er an seiner Hose, an seinem Schritt herum, stoppte jedoch als ich ihm unauffällig zwei Hunderter entgegenhielt.

»Muss ne große Party sein, Bruder, aber so viel hab ich nicht da. Ich vertick hier Zehner-Päckchen. Komm mit deiner Kleinen zu mir ... in zwanzig Minuten«. Ich wusste zwar nicht, woher er wissen konnte, dass Josie tatsächlich auch in der Nähe war, aber es lief so, wie wir gehofft hatten. Eigentlich war es erwartbar gewesen, weil allseits bekannt war, dass Eric Barr die »großen Deals« in seiner Wohnung abhandelte. Er gab mir die Anschrift samt Wohnungsnummer, schnappte sich einen Hunderter als Anzahlung und trottete blasiert davon. Noch so einer, dachte ich mir, der zweieinhalb Minuten dealt und sich direkt für *den* Paten hält.

Die letzten Stufen fielen mir extrem schwer. Erst im Treppenhaus wurde mir so richtig bewusst, was gleich folgen würde. Plötzlich fühlte ich mich wie ein Stein. Ich stellte mir Eric Barr vor und wie sein Oberkörper vom Unterleib getrennt würde. Und das viele Blut. So viel Blut, dass man für ihn wirklich nur hoffen konnte, dass er es nicht überlebt. Das hätte er bestimmt nicht gereinigt bekommen, und dann hätte er sich vielleicht eine neue Wohnung suchen und umziehen müssen. Und das bei dem Wohnungsmarkt, da hätte ich schwarz für ihn geseh… Da holte Josie mich in die Realität zurück.

»Und, bereit?«, fragte sie.

»Ich bin gespannt wie eine Feder«, sagte ich und realisierte augenblicklich, wie dumm diese Erwiderung doch war, und auch Josie verdrehte nur die Augen.

Eric Barr öffnete uns. Er erkannte Josie nicht, und drei Minuten später war er tot.

31

Seinen Namen hatte ich vergessen, weil er nicht aus meinem Jahrgang stammte, aber seine Geschichte kannte ich. Der Direktor war von Klasse zu Klasse gegangen, die jüngeren Jahrgänge ausgenommen, und hatte die Schreckensnachricht höchstpersönlich überbracht, und gesagt, dass man sich jederzeit an die Schulpsychologin wenden könne und es in der Aula eine Gedenkveranstaltung geben würde. Ein Schüler stürzte sich vom Dach des Hauptgebäudes. Tags zuvor hatten sie eine Klausur geschrieben und er nur ein weißes Blatt abgegeben. Vielleicht war es der Lehrerin erst bei der Korrektur aufgefallen, oder sie glaubte, er hätte nur einen schlechten Tag gehabt oder nur nicht gelernt.

Josie würde sich von keinem Dach stürzen. Eines Tages, da hatte es Eric Barr und Melinda Owens schon nicht mehr gegeben, waren wir – auf ihren Wunsch hin – in einer Speiseeisfabrik. Sie wollte eine Kindheitserinnerung wieder aufleben lassen, nahm ich an, weil sie mal davon erzählte, früher mit ihrem Vater schon dort gewesen zu sein. Und als sie uns zeigten, wie aus Milch, Zucker und Maissirup eine cremige Konsistenz wurde, flüsterte Josie mir ins Ohr, dass wir reden müssten. Ich konnte mich danach nicht mehr so richtig auf die Führung konzentrieren. Während des restlichen Rundganges überlegte ich nämlich, was denn sei und ob ich irgendetwas falsch gemacht haben könnte. So bekam ich jenen Produktionsprozess nicht genau mit, im Laufe dessen ganze Schokokekse zermahlen und mit Vanilleeis vermischt wurden. Aber am Ende saßen wir in der fabrikeigenen Eisdiele und teilten uns eine zwei Liter große Portion.

»Ich hab nachgedacht«, sagte Josie.

»Über was?«

»Na ja, über die Beendigung aller Gefühle ...« Sie formulierte es so lapidar, als sei es eine Randnotiz, als würde sie nur beiläufig, fast schon desinteressiert, die Eiscreme bewerten. Dass diese etwas fad schmecke, aber sonst ganz okay sei oder so. Ich war nur froh, dass meine Mutter das nicht hörte. »Die Beendigung aller Gefühle« – sie hätte bestimmt die Ausdrucksweise moniert, weil sie sich definitiv an der Nominalisierung gestört hätte. So etwas konnte sie wirklich furchtbar wütend machen. Sie hätte dann erklärt, dass sie schon wisse, was gemeint ist, aber dass das doch nicht schön klinge und auch keiner *so* sagen würde.

Josie jedenfalls benannte die Kriterien für ihren Selbstmord. Das war ziemlich surreal, auch deshalb, weil nach jeder einzelnen Festlegung erst einmal eine Pause folgte, in der sie die Spitze ihres Löffels in die Eiscreme tunkte und diese genüsslich ableckte: Es täte ihr leid, dass sie sich *vorher* nicht verabschieden würde. Pause. *Der* Ort solle auch geheim bleiben. Pause. Ein Testament sei in Arbeit. Pause.

»Spekulier aber ja nicht drauf, dass du dort erwähnt wirst, haha!« Mehr als ein verkrampftes Lächeln brachte ich als Reaktion darauf nicht hervor. Und dann sprachen wir über das *Wie*. Josie versicherte, dass sie sich niemals vor ein Auto oder einen Zug werfen würde, weil sie keine Unschuldigen in ihre Sache hineinziehen und traumatisieren wolle.

»Hochhäuser, Brückengeländer, fällt auch aus. Der Aufschlag würde bloß meinen schönen Körper verunstalten. Das kann ja nun wirklich niemand wollen, haha!« Ich hatte mal gehört, dass ein Schuss mitten ins Herz die geringste körperliche Verunstaltung verursacht. Wenn man es richtig anstellt, durchschlägt das Projektil das Herz und bleibt dann stecken. Nur sind die meisten nicht so treffsicher, mal abgesehen davon, dass dies Josie sowieso zu kitschig gewesen wäre. Ertrinken hielten wir beide auch für »Schwachsinn«, obwohl das gerne romantisiert wird. Als könne man einfach so ins Wasser steigen und sich friedlich bis zum Grund hinabgleiten lassen.

»Succinylcholine«, meinte Josie. »Das wirds werden. Hab erst überlegt, Tabletten zu nehmen. Aber stell dir vor, ich schmeiß zwanzig Dinger ein und am nächsten Morgen wache ich trotzdem auf. Voll dämlich.« Dabei handelte es sich um ein Pferdeberuhigungsmittel. Ich hatte davon noch nie zuvor gehört, weswegen mir Josie erläuterte, dass es eigentlich der Muskelentspannung dient, eine Injektion bei einem Menschen aber – ohne künstliche Beatmung – zum Tod führt. Man wird betäubt und erstickt. Auch wenn es für ihren beabsichtigten Zweck nicht von Bedeutung war, erwähnte sie außerdem, dass das Mittel nicht nachweisbar sei. Es war schwer für mich, mir vorzustellen, so aus dem Leben zu treten. Noch schwerer war es, dem Selbstverständnis in Josies Ausführungen zu folgen. Zum wiederholten Male wurde ich von ihrer Entschlossenheit und der Klarheit ihrer Gedanken überrascht. Mochte sie fahrig wirken, flapsig reden und so oft so unbedacht, unaufgeräumt daherkommen, so gab es eben auch diese gegenteiligen Momente, die mich förmlich lähmten. In denen ich unfähig war, mich gegen sie und ihre Ansichten aufzulehnen, wenn ein innerer Impuls aufbegehrte, etwas argumentativ dagegenzusetzen und ich doch stumm blieb. Ich haderte damit, aber musste ich, wie an dieser Stelle auch, einsehen, dass ich hintendran war und für die Beantwortung bestimmter Fragen nicht mehr gebraucht wurde, weil ich den Zugriff auf die Entscheidungsprozesse irgendwann verloren hatte. Mitunter kränkte mich das, aber war Josie kein Vorwurf zu machen, war es ihrerseits doch immer auch irgendwie Ausdruck von Stärke. Das *Wie* war längst entschieden, lange bevor wir darüber sprachen, und ich erkannte an, dass ihrer Wahl eine kluge Abwägung vorausging.

Ich solle mich nicht sorgen, sagte Josie eindringlich, aber behutsam, als hätte sie mein Hadern, meinen inneren Konflikt bemerkt. Als wollte sie mich beruhigen, indem sie hervorhob, so »friedlich und schmerzfrei« *gehen* zu können. Dann fragte sie, ob sie den Eisbecher auskratzen dürfe.

Dagegen hatte ich nichts.

Nachdem die Sache mit Sue Ann Summer erledigt war und mich während der gesamten Rückfahrt dieses »faulige« Gefühl beschlich, drängte ich darauf, den Abend getrennt voneinander zu verbringen. Ich schob die Arbeit vor. Josie schöpfte keinen Verdacht und lieferte mich am Büro ab. Meine Anspannung wuchs ins Unermessliche, sodass ich zweimal den Schlüssel fallen ließ und Probleme hatte, die Türen aufzusperren. Es dauerte auch eine Ewigkeit, den Akku und eine SIM-Karte in das Wegwerfhandy zu legen, so feucht und zittrig waren meine Hände. Dann loggte ich mich in das WLAN eines gegenüberliegenden Restaurants ein. Die Geschwindigkeit war dürftig, sodass ich mehrere Anläufe benötige, die *Cloud* zu erreichen. Es hätte mir die Gelegenheit gegeben, einfach abzubrechen, doch konnte ich nicht zurück. Nicht, dass ich eine Vorahnung gehabt hätte, aber spürte ich eine Last auf meinen Körper, welche von weitaus mehr als

»nur« Neugierde oder dem Reiz des Verbotenen erzeugt worden war.

Elftausend Dateien – Fotos wie Videos. Sie waren nicht katalogisiert. Dass keine Vorschaubilder angezeigt wurden, konnte den Einstellungen oder der schlechten Verbindung geschuldet gewesen sein. Also öffnete ich wahllos eine Bilddatei. Fünf feiernde Menschen, verschwommen, trinkend, lachend, tanzend. Weitere Fotos zeigten dieselben Menschen auf derselben Feier. Ich betrachtete das nächste Bild, das übernächste, das überübernächste und so weiter, dann schreckte ich zusammen. Plötzlich war eine sechste Person im Hintergrund zu sehen, auf dem Boden liegend, zusammengekauert, in Embryostellung – nackt. Nicht auszumachen, ob Junge oder Mädchen, ob tot oder lebendig. Und das nächste Bild zeigte ein Gruppenfoto. Fünf Personen, die in die Kamera schauten und so nun klar zu erkennen waren.

Ich identifizierte Owens, Franzen, Barr und Summer, und … dann kam mir die Beisetzung in den Sinn, an der Kapelle hatte auf einer Tafel »Rest in peace, Robert« gestanden. Eine Information, welche ich damals wohl an mir habe vorbeiziehen lassen.

Person Nummer fünf war »Robert« – Josies Vater. In der nächsten Sekunde wurde mir schwarz vor Augen. Dann: Stille. Als ich zu mir kam, lag ich auf dem Boden. Der Stuhl war umgekippt, die Lampe vom Schreibtisch heruntergerissen worden und zu Bruch gegangen. Teile des Handys waren von Glasscherben bedeckt und der Akku lag lose daneben.

Mir war nicht danach, ihn wieder einzusetzen. Ich wollte vergessen. Später am selben Abend vernichtete ich die Papierbündel und den Zettel mit den Zugangsdaten. Sie waren zu komplex, mit Sonderzeichen und so, als dass ich sie mir hätte merken können. Die Bilder würde ich jedoch nicht losbekommen – sie hatten sich eingebrannt.

Drei Tage danach waren Josie und ich im *Murphys*. Quizzabend. Wieder einmal schaffte sie es, mit lustigen Bemerkungen auf falsche Antworten zu kontern und damit die ganze Bar in ihren Bann zu ziehen. Es machte mich immer ein bisschen stolz, wenn alle drumherum irgendwie begeistert von Josie waren, aber ich derjenige war, der ihr nah und direkt an ihrer Seite sein durfte.

Auch dieses Mal drückte sie mich, gab mir einen Kuss auf die Wange und lächelte mich an, bevor sie ins Taxi stieg.

Am folgenden Morgen wachte ich mit einem mulmigen Gefühl auf. Ich schrieb Josie eine Nachricht: »Ansprechbar?« Doch sie antwortete nicht.

Als der Kurier mir das Päckchen an der Wohnungstür übergab und ich die rosafarbene Haarspange sah, welche neben dem Adressfeld klebte, sackte ich innerlich zusammen. Ich versuchte Josie zu erreichen, textete ihr, rief sie an. Einmal, zweimal, dreißigmal, aber da war nichts, außer die Mailbox. Ich wollte irgendwie dagegen ankämpfen, gegen mich und *das* Absolute. Irgendwann gab ich auf, irgendwann gab ich nach und öffnete das Päckchen. Ich wählte dafür keinen besonderen Ort, stellte dem keine Zeremonie voran oder so. Ich riss einfach das Klebeband ab und betrachtete den Inhalt. Da war Rasselpüppie, und auf einem Kärtchen stand eine handgeschriebene Botschaft:

»IN LIEBE.«

Nachtrag

Heute, wo Josie bald ein Jahr tot ist, weiß ich, dass ich ihren Tod nicht hätte verhindern können. Es befriedet mich, zu glauben, dass hinter all ihrem Denken und Tun ein Sinn und immer auch eine tiefe Überzeugung stand, und wenn alles, was geschehen ist, wie es geschehen ist, schlussendlich das Beste für sie war, so kann es dies auch für mich sein. Obwohl ich mich, zugegeben, dennoch mit vielen Erinnerungen schwertue und mich manchmal wirklich fühle, als sei ich aus der Welt gefallen.

Mein Leben hat sich seither nicht großartig verändert, aber das meiste, was eben passiert, interessiert mich weniger oder vergesse ich. Tatsächlich mache ich mir wohl auch nicht mehr über alles so viele Gedanken wie früher. Im *Murphys* bin ich trotzdem nicht mehr so häufig, weil es dann doch mehr mit mir macht, mehr Emotionen hervorruft und alte Wunden aufreißt, als an allen anderen Orten, die ich mit Josie verbinde. Sakic habe ich nie wieder gesehen, aber seine Leute gehen weiterhin bei mir ein und aus. Manchmal, wenn es an der Tür klingelt, schrecke ich zusammen. Dann denke ich, dass die Polizei mich holen kommt. Darauf wäre ich nicht vorbereitet.

Es wäre gelogen, wenn ich behaupten würde, mich plagten keine Schuldgefühle. Sie sind da, unregelmäßig, aber die Abstände dazwischen werden zunehmend größer. Das gibt mir Hoffnung. Ich habe auch Albträume. Einen erinnere ich so gut, weil er wiederkehrend auftaucht. Eigentlich ist es eine immer gleiche Sequenz, in der ich von Zombies, mit Fackeln und Mistgabeln bewaffnet, gejagt werde. Eine ölverschmierte Sue Ann Summer und Jessica Franzen im Rollstuhl sind auch dabei. Das vielleicht

Furchtbarste, also an den richtig schlechten Tagen, ist, mit niemanden darüber reden zu können. Beichten ist immer noch nichts für mich. Und eine Trauergruppe, der ich meine Erlebnisse in abgewandelter Form offenbaren könnte, weiß nicht. Da traue ich mir vielleicht selbst nicht über den Weg. Ich könnte mich ja verplappern oder auf Nachfragen der anderen nicht gefasst sein.

Nach Josies Tod habe ich bei meinen Eltern meine Kisten herausgekramt und nach der *Alf*-Figur gesucht. Sie steht jetzt zusammen mit Rasselpüppie auf dem Fenstersims im Büro. An sonnigen Tagen nehme ich beide auch mal mit auf den Balkon und platziere sie so, dass sie in die Ferne schauen können. Dieser Anblick beruhigt mich, und manchmal wünsche ich mir, dass Josie das sehen könnte. Und dann merke ich, wie sehr sie mir doch fehlt.

Als ich das letzte Mal bei meinen Eltern war, zeigte mir meine Mutter ein Wandbild, das sie sich neu gekauft hatte.

Zu ihrem 27. Geburtstag schenkte ich Josie eine Zeichnung von einem bekannten Künstler. Es war ein wirklich schönes Landschaftsbild. Sie bedankte sich, aber schaute die Zeichnung mit skeptischer Miene an, dass ich nicht wusste, ob sie ihr wirklich gefiel oder nicht. Dann blickte sie demonstrativ an die weißen Wände ihrer Wohnung und sagte: »Ich weiß gar nicht, ob ich hier noch irgendwo Platz dafür finde.« Ich lachte auf, als ich mich daran erinnerte.

Meine Mutter fragte: »Warum lachst du?«

Und ich sagte: »Nur so.«